布萊梅失蹤

陳玉慧
Jade Y. Chen

Missing
sister
In Bremen

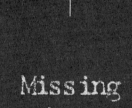

漢堡市區

海港的秋天，天空萬里無雲，海港路上的莎牟依旅館，面對北艾伯河，是一家古老但重新裝潢過的中型旅館，九樓電梯旁轉彎走道的最後一間房裡，周妙佛剛剛洗完頭，穿著一間白色浴袍，正飛快地在她的筆記型電腦上打字。

遊行隊伍正好路過莎牟依旅館，頓時，喧譁聲從窗戶密縫洩入，她站起來往下眺望了一下，又立刻坐回靠窗的寫字桌，港口盡頭的教堂鐘樓上指著：十點十五分。

房間門的門把動了一下，推著一小車衛生用品的打掃女人將門打開，她面露驚訝之色，急忙說聲「對不起」，便欠身而出。

周妙佛連頭都沒回，她只專心地注視著電腦螢幕。

更遠處，人群擁擠，交通陷入癱瘓，人稱「最墮落的一條街」的李伯波街，幾世紀以來默默承受著沉重的歷史罪名，但今天卻站了出來，回擊所有的詆譭和不公。

一百多位穿著暴露的妓女在幾十名員警的護衛下，舉著標語示威遊行。標語上寫著：「我們付稅，我們也要退休金」，或者「經濟不景氣，我們先遭殃」等等。遊行隊伍穿梭在許多好奇的行人當中，臨時搭配的樂隊鳴奏著鼓聲和喇吧，一時熱鬧喧天。

很多觀光客也跟著起哄，紛紛拿著手機拍攝，甚至跟著音樂起舞，現場氣氛像嘉年華會，不滿被遊行隊伍阻擋下來的行人則憤聲地叫罵，而一些司機則以汽車喇叭聲抗議。

唯獨一路跟著遊行隊伍的警員個個神情嚴肅，彷彿出席一場葬禮般；在微微細雨下，妓女的遊行隊伍穿著暴露且色彩繽紛，沿著海港路一直走到聖保利魚市場。

李伯波街位於聖保利魚市場旁，長久以來便以巷道妓女戶出名，而最近幾年，一些老招牌妓女戶的逃稅和非法洗錢，以及暴力流血事件層出不窮，在員警經常走動取締之下，很多大妓院相繼關門，反而隔壁的哈伯特街的粉紅妓女櫥窗開始引人注目，這也是漢堡老街妓女遊街抗議的原因之一。

海港路一帶的軍事住戶在八〇年代被德國左派學生占據，右派政黨花了好多年才把他們趕走，現在，到處充斥著舊傢俱店和六〇年代色調的咖啡館，是年輕人和學生最喜歡聚集的地區。

艾伯河再過去，便是北海了，此刻艷陽天，和風徐徐。

周妙佛仍專心而快速地在港口旅館房間打字。

布萊梅郊區

艾瑟河邊，陽光普照著R廠的米色樓房，一位穿深藍色金鈕扣西裝的東方人站在二樓窗前，他背對空曠的會議室，眼光望向河邊的船塢，船塢裡一艘覆蓋歐盟旗幟的船隻正在做最後的檢修。

窗外是灰樸的工廠建築，北德的秋景，各種樹木開始變色，不同樹葉轉換成不同的冷色調，交集在一起，遠看正像一幅油畫，穿著畢履的林士朋站在窗前好一會了，現在，他凝視著河左岸的一家船廠，二艘為中國遠航（COSCO）建造的大型貨輪停在岸邊。

艾瑟河水汩汩地流著。

會議室的門打開了，總經理鮑爾的祕書克麗斯汀滿臉笑容地走進來，克麗斯汀看起來像一名剛畢業的大學學生，似乎因為自己經驗不足，老是誠惶誠恐地笑著。

「林先生，您得再耐心一下，總經理的座車已經到大門了，他應該馬上可以進來。您還想再喝什麼嗎？」她客氣地問，「我們也有新鮮冷凍的啤酒。」

「不，謝謝，太多啤酒沒辦法正經談事情。」林士朋對克麗斯汀眨眨眼睛，除了她的紅頭髮外，他一向喜歡這個女孩，只可惜她最近結了婚，他走向平常習慣坐的位置上，坐了下來，看著會議室中千篇一律的各種船艦模型以及牆上的鮑爾祖宗三代的照片。

小鮑爾是在二個鐘頭前才從機場回家，他是到印尼汶萊參加一個軍火展，他才回家洗了澡，行動電話便響了，他的中國籍職員林士朋打電話說，由於事情發展太快，必須立刻向他報備，所以他連行李都沒有打開就驅車到工廠來了。

「瞧，我們的林先生什麼也沒喝，就坐在這裡乾等！」小鮑爾神采奕奕大步地跨進會議室，他伸出大手掌和林士朋握手，一邊示意克麗斯汀關上門，一邊要林士朋坐下。

小鮑爾和林士朋寒暄了一下，立刻將話轉入正題，這時，克麗斯汀的電話進來了，她問，「桌上厚厚一疊資料需要全部傳真到汶萊嗎？」小鮑爾說，「沒錯，全部要傳給汶萊的國防部，總共一百卅十頁。」他放下電話。

「什麼時代了，他們還堅持要傳真！」小鮑爾整理著他那白得像霓虹燈下的白襯衫袖口，他的皮膚幾乎曬成古銅色，這使他的表情看起來有些像蠟像館的雕像，「現在我全部屬於您一人了……聽說我們案子在那邊還有一點小問題？」

「有時候小問題比起大問題，問題更大。」林士朋說話常使小鮑爾誤以為是什麼東方哲學思想，總是使他三思。

小鮑爾現在便有點困惑地看著他，「小問題，問題大？」他仍然看著林士朋，好像在期待一個令他滿意的答案，「又是你們的孔子說的嗎？」

「不，不是孔子，是我說的，鮑爾先生，他們要聲納系統，」林士朋神情充滿自信地說，「但我們不能無條件給，我們是要多次性的轉移。」

「將來事情都得多靠您了。」小鮑爾站起來，為自己倒了一杯咖啡，以感慨的聲音又說了一次，「林先生，您都不知道您有多重要！」

「聯邦安全委員會的出口許可已亮綠燈了，德國友華議員小組在國會運作初步成功！」林士朋眼光跟隨著鮑爾，而鮑爾目光移向岸邊那二艘為中國造的大型貨輪，他回過頭對林士朋說：「克萊議員和我說過了。」

小鮑爾繼續說，「這次台灣海軍的海測船的招標很有問題，我在汶萊碰到西班牙巴贊廠的代表，他說芬蘭那邊也很生氣，打算向國際法庭控告台灣政府。」小鮑爾看著林士朋，他則從公事包取出一份印刷檔案，遞給鮑爾，「據我所知，台灣海軍內部勢力一定有辦法阻止。」

「什麼內部勢力？」小鮑爾一邊翻閱，一邊似乎像在自言自語。「我們不會捲入什麼麻煩吧？」

林士朋立刻說：「不會，我們什麼都要，就是不要麻煩。」然後，他等小鮑爾坐了下來，又說：「我目前也不是很肯定，但我很快會找出問題，知道誰是幕後勢力，這筆生意我們是做定了。」

鮑爾對林士朋做了一個頑皮的笑容，對他的善解人意表示肯定，「確實是，」他很友善地說：「就這麼辦吧！一起去吃個飯。」

漢堡市區

李伯波街的妓女示威活動已接近尾聲，但遊行人群尚未散去。

海港旅館的大廳門口外也人潮不斷，其中不乏剛剛抵達的旅客，各式的行李卸在門口，一個前額微禿但後面卻綁了馬尾的旅客持一張大鈔要付一元小費，行李服務員沒有錢找，他取著大鈔跑進旅館換錢去了，留下一群旅客和一大堆行李。

旅館九樓的走廊上空無一人，905房安靜如昔，只有急速的電腦鍵盤敲擊聲，周妙佛還專心地在電腦上打字，電話響了，她停下打字，接了電話。

「Hello，」她說，但對方沒有聲音，她放下電話。

她停下工作，靠在椅背上休息，電話又響了，她遲疑了一下，接了電話。

「Hello，」她說，還是沒有回音，她提高聲量又重複了一次，「喂……」

「喔，原來是你。怎麼樣？」她問，隨手拿起一顆薄荷糖放進口裡，「昨天去哪裡玩了，怎麼到三更半夜還找不到你，手機電話也關了？」

「我這邊差不多了，後天就回去了。」她把眼光移向電腦螢幕。

「好啊，你把要買的東西傳真給我，希望明天還有時間去逛街。」

「狗狗餵了沒，牠乖不乖？」然後電話那頭一陣冗長的回答，周妙佛不斷地答以「真的啊」及一連串的笑聲。

房間的門鈴響了，周妙佛說：「你等一下。」她走去開門，才打開一小縫門，二名穿風衣和夾克的男人硬闖了進來。

被擺在桌上的電話那頭不斷地問「喂，喂」，先是喀嚓一聲被掛上，然後整條電話線的插頭也被拔掉了。

穿風衣的男人身材較高大，他持槍頂著周妙佛，另一個身材矮小的男人則在翻箱倒櫃一陣子後，決定將周妙佛的手提電腦和一些散置在地上的報紙與資料全部裝進他的公事包。

周妙佛力持鎮定，她在被架出房間前問：「你們到底要什麼？是誰要你們來的？」但二個男人二話不說，他們將周妙佛帶出了房間。

在三人轉身離開九樓走廊走入電梯前，推著一車衛生用品的清潔女工又打開另一間套房，一個裸體男人急忙躲進浴室裡，負責清潔工作的太太連忙又是一句「對不起」。

905房又恢復了先前的寧靜。

台北市區

周藏珠滿臉疑惑地按下她的手機，剛才她打電話到旅館和她姊姊談話，才講沒幾句，電話線便斷了，她再度撥回去。

「Room 905，」她說，慌張地連謝謝都忘了說，然而電話那頭老是一個女人用各種語言要她等一下，周藏珠不知等了多久，「周小姐不在房裡，請您待會再撥過來吧。」一聲音聽起來滿和氣的總機小姐告訴她。

但隨後她不斷地試撥同一個電話，結果卻依然占線。而姊姊手機也沒人接聽。

周藏珠不知打了多久電話，突然心跳加速，感到胸口上一股壓力，焦躁地站起身來在醫院的辦公室前繞來繞去，有一股說不出的預感。

她再度打電話過去，直接問總機：是不是房間電話壞了？剛才我們還在通話中……

總機已經換了一個男人，他說什麼都說電話不可能故障，是沒人接，905房的周小姐已經不在房間了，那個男人直截了當地說。

周藏珠委婉地請他找人到樓上看看，但那位先生一直做各種解釋，最後他語調冷漠地回答：「對不起，我們還有好多事要做。」

放下電話，她把剛才巡房的病歷仔細再看過一遍，然後打一通電話到四樓的護理站，要值班的護士小姐特別注意418房的開刀病人有沒有發燒的現象。

她一籌莫展地坐在辦公桌前，從辦公室透明的玻璃窗望去，一群實習醫生圍著口腔外科姚明章醫師，他正對著一張X光圖，解釋一個病人的病情。

電話響了，她緊張飛快地拿起電話。

「什麼時候下班？」她故做輕鬆地問。

「你下班後來接我，好嗎？我有事跟你說。」她的表情無法隱藏她的憂思。

「真的？那我在辦公室等你！」她終於高興地笑了一聲。

現在她必須暫時忘記所有的不愉快，必須面對電腦，好端端在七點以前把週四演講的報告打字草稿弄出來，她看了一下錶，已經近六點半了，姚醫師和實習醫生全走了，討論室裡只剩下喜歡抽菸斗的何大夫在讀報紙。

但她的情緒極不穩定，她不知道自己在擔心什麼，根本無心打字。她想，也許是剛才那通電話，也許是朱俊璞這個人吧，他總是有能力控制她的心情，她總是受到他的影響。

她閉上眼睛，腦海裡一片混亂，逐漸地，姊姊的形象浮現了，姊姊到底發生了什麼？……周藏珠在椅子上坐直，她看窗外，何醫師也已經走了。

一個身影闖進來，「周醫師，朱醫師要我來告訴妳，他要加班，七點以前沒辦法趕過來了，他要妳不要等他了。」傳話的是一個實習醫生，他似乎知道他們二人之間的關係，眼神之中好像在暗示什麼。

「啊，」周藏珠按捺著巨大的疑惑，只淡然地回答：「謝謝，我知道了。」

實習醫生走時向她溫情地拋下一句話，「如果有事可以隨時找我。」周藏珠既沒看他一眼，也沒有任何回話。

一等他離開，她便撥電話找朱俊璞，奇怪的是，接電話的同事李明義居然說，他臨時代朱的班，朱俊璞剛剛才走，不會再回來了。

臨時代班？剛剛才走？周藏珠面對密密麻麻的電腦上的文稿，陡的發起呆來，這時電腦螢幕突然變成一張鬼臉圖案在她面前轉來轉去。

台北市區

忠孝東路巷弄內一棟現代大樓，緊臨一家電影院和大型超市，門牌號碼是六號之六，信箱上有一個小招牌：巨人文化傳媒有限公司。

嚴之寬坐在辦公桌前整理他的資料，他將許多文件放入碎紙機絞碎，這是他所喜歡做的事情之一，他總是將一些完全無關的資料放進機器，幾秒鐘內，所有的文件便化為紙絲。

有時，他在收到一些註明最高機密的文件時，也會在閱畢後立刻將文件放入機器中，他享受這種樂趣，破壞的樂趣。當他正在思索自己是否為破壞狂，是否對秩序有某種不耐煩時，他的同事吳新民走過來和他打招呼。

他發現吳新民這次從歐洲返國述職，對他特別殷勤，不但送他一條領帶，還常找他閒聊，「什麼時候走？」

「你在說什麼？」嚴之寬將最後一批文件送進碎紙機，然後將一張放在桌前的女生照片放進錢包裡。

「女朋友？」吳新民俯過身問，他來不及看那照片一眼，「聽說你最近有任務要到德國去？」

嚴之寬沒有回答他。

「怎麼樣？那條領帶能派上用場嗎？」吳新民問。嚴之寬想起那條俗氣的領帶其花無比，還放在抽屜裡，「還沒有機會拿出來用，謝啦。」他轉換話題問起：「待會的彙報去不去？」

「去，當然去。李佳俐的場子我當然不會錯過，一起去吧。」吳新民建議，他便坐在他辦公桌的一角，嚴之寬心想，看來他是必須和吳新民一起去聽演講了，而他明明不想和他一起出席。

「聽說，自從你來以後，很多人都不敢準時下班了，因為你無限期地加班？不要那麼百般圖強嘛，免得大家恨你。」吳新民不知在開玩笑還是當真，嚴之寬一時不知如何接話，一通電話打進來，正好替他解了一道圍。

台北市區

下午專題彙報開始之前，嚴之寬一通電話便被傳喚到樓上老闆那裡去了。

嚴之寬的大老闆是盧淼，他過去曾在海軍任職上將，以待人處事嚴格出名，不少海軍裡的人聽到他的名字都畏懼三分，前幾年，原本應該退休的盧淼，以顧問的身分被派來此地坐鎮。

盧淼坐在他的巨型紅木辦公桌前的董事長椅上，他抽著粗大的雪茄，揮揮手要嚴之寬坐下。

嚴之寬當下居然有一種錯覺，他以為那揮手的手勢是要他出去，每次他碰到尷尬的情況時，他都會習慣性地笑一下，他現在便有這種招牌式的笑容。

「什麼時候走？」盧淼從身上拿出一把鑰匙，他打開桌子的抽屜，取出一個紫色的公文夾。

「明天中午的飛機。」嚴之寬小心翼翼地回答，他一向對他的老闆很陌生，所以每次和他談話時都採取被動姿態，有問必答，這不是爭取上司認同的明智舉動，但是他就是不想改變。

他從前便想過，他從來沒想過要去改變別人，而且他也想過，如果要改變別人，那困難度還高過改變自己。

盧淼的辦公室雖然很隱祕，但他身後卻有一窗市景，此時，他坐在逐漸轉化成夜景的窗前，翻開紫色的檔案夾，「這件事只有你跟我二人知道。」他緩緩地加上一句。

「別打電話給我，要打，打這個號碼。」他快速地掏出一枝筆，拿起一張字條，寫下一個號碼。

嚴之寬接過電話號碼，他默唸了一下，將字條放回桌前，他說：「我知道了。」然後，就沒什麼話可說了。

盧淼拿起桌上紙條並撕成碎片，他將碎片扔進字紙簍，雙手交疊在一起，問他，「一切都準備好了？」

「一切都準備好了。」嚴之寬知道他的回答相當愚蠢，但是他還是說了，隨後他問起上司：「有進一步的消息嗎？」

「沒有，沒有，沒有任何消息。」盧淼皺著眉頭說，「記住，一定是手上有什麼證據，否則沒有理由失蹤。」

嚴之寬連忙很快地點了二個頭，「盧老，這件事確定只有我倆知道嗎？」他仍是謹慎的語氣。

「你這話不是白問嗎？」盧淼臉色不太好看，他停頓了一下，又說，「為了這件事，我會延後開刀，撐到你回來。」他一口氣站起來，走過去拍拍嚴之寬的肩膀，「好了，這件事就交給你了。」

「那就這樣，我先回去準備。」他終於找到一個完美的時刻了，嚴之寬站起來。

沒想到，盧淼神情立刻又嚴肅起來，他說：「等一下，還有一件事我要你搞清楚。」他叫住了他，「別那麼急著走，還要再跟你說一次，你一定得注意，你絕不能讓德國人給查出來，就算給逮到，你也絕不能承認。反正，表面上，我們跟這件事一點關係也沒有，你怎麼樣都得撇開關係。」

「是。」嚴之寬站在門口回答。

「好，那我祝你一路順風，好好幹。」盧淼坐回他的董事長椅，他再度揮揮手，然後不等嚴之寬告辭便逕自撥起電話，這次揮手是說再見，嚴之寬確定他沒有搞錯。

台北市區

嚴之寬走進工作彙報室時，演講已結束，一大群同事已拿著筆記本往外走，他四處找尋李佳俐的人影，發現她站在角落正在和吳新民說話。

他向她招手，她看到了，連忙點點頭，他則拿起菸盒對她表示要到外面抽菸，她又點點頭。

李佳俐走向嚴時，吳新民也跟在後面，他問她：「有榮幸請小姐吃飯嗎？」李佳俐做微笑狀說，「嚴之寬已經先請我了，對不對？」她朝嚴之寬擠擠眼，嚴之寬連忙把吸進去的煙吐了出來，很明快地說：「沒錯，我已經捷足先登啦。」

吳新民自知之明地退後一步說，「嚴大頭的動作總是特別快，那，我先走了。」他提著一只黑色鑲銀邊的公事皮包便往出口走去。

嚴之寬將菸撚熄，他問：「既然我必須要邀請妳，那我該怎麼請妳？」李佳俐笑了出來，想了一下，「不用啦，我請你去麗茲。」嚴之寬正想開口說話，吳新民的身影又闖了進來。

「我忘了問一下，妳那份報告內容是不是給我一份 Copy ？」吳新民問起李佳俐。

李佳俐略感到意外地回答：「你不是不同意我的看法嗎？那你要這份報告內容做什麼？」

吳新民討好她地表示，「我負責歐洲，這方面的資料對我當然都很寶貴，何況這份報告是妳寫的耶。」他說。

「好啊，我過幾天就給你一份。」李佳俐很快便回答他。

「謝了，真的，別忘了e我。」他看了嚴之寬一眼，「運氣好就是運氣好，什麼也抵擋不住。」他表情曖昧地拍拍嚴之寬的肩膀，隨即轉身消失在電梯口。

「他在說什麼啊？」嚴之寬一頭霧水，他幫李佳俐提著一大份厚厚的資料，放回她的辦公室，兩人搭電梯到停車場，一直到他坐上李佳俐的車子後，李佳俐才說，「他想請我出去，問我好幾次了，他大概認為你把他的機會搶走了。」

「現在妳非得請我吃飯，把事情說清楚不可。」嚴之寬開玩笑地說，他看著李佳俐加足油門，將車子往出口爬去，「不過，那高檔的不必了，我無福享受，明天早上一大早得出發去機場。」

一個鐘頭後，他們二人坐在李佳俐的東區公寓裡吃便當。

「我的報告內容重點只是要提醒某些人，中國政府為了阻止台灣不斷買武器，尤其一直想買潛水艇，他們早在海外已有專人監視。」李佳俐從冰箱拿出一瓶德式啤酒，她為嚴倒滿一杯，「那個吳新民一直強調，西方國家為了要爭取中國大陸十一億人口的市場，所以才打人權牌，故意放一些中國反民主人權的煙幕，這是和中國討價還價的策略，」她說吳新民當眾抹殺她的研究成果。「但我的看法和他不一樣。」李露出對吳不予置評的表情。

嚴之寬斜躺在地毯上，他一手托著臉，一手拿著啤酒喝，「他的說法也沒錯。」然後話題一轉，「人家既然對妳有意，妳又何必拒人於千里之外？」他明顯地對她的話題沒興趣，但又不想打斷她的興致。

李佳俐雙手抱著膝蓋也坐在地板上，滿臉酡紅，她突然不好意思地說：「我不喜歡他，就這麼簡單。」她站起來走到廚房去了。

她經過他時，裙襬微微碰觸著他的臉頰，他覺得這觸覺好像在提醒他什麼。

他站了起來，將啤酒杯放回桌上。

他內心有什麼在催促他離去，這個女人給他太多溫暖，他不能傷她。在他們的世界，真情不太容易，她卻完全信任他。他相信，如果他要的話，他今晚完全可以留下來過夜。但是，他此刻卻是虛無主義者，正像他對軍事武器的看法一樣，有武器便有戰爭，沒有武器才沒有戰爭。

他其實是反對武器和戰爭的，他是和平主義者，但並非基於什麼理想或信念，更多是他自己的個性。

至於女人，他半年前才結束一段感情關係，對方因不堪分手，一度曾為他自殺過，使他不得不慨然連連，對感情一事從此有不同的看法，他覺得自己似乎不會再輕易談戀愛了。

今晚他無法留下來。

當他告辭時，在她開門前，他伸手握住她的手臂要她保重。她大概有些喝醉了，整個身軀倚靠向他，她仰著頭、閉著眼睛似乎在等待他吻她，嚴之寬只在她的臉頰上輕輕吻了一下，便說：「我走了，妳多保重。」

她看著他的眼睛，剎那間明白他的心意，也理解他對她的看法，他並不是一個只對性有興趣的男人，但不是正因這一點，她才喜歡他嗎？

她送他到門口，在他的臉上輕輕回吻了一下，說：「小心吳新民，我覺得他對你有某種情結。」他問她為什麼，她淡淡地表示，「這是直覺，無法解釋。」然後關上門。

台北市區

周藏珠坐計程車回到家時，已經接近晚間十時，她才開門，一隻像比利時丁丁漫畫中小白狗便站在門口搖尾巴等她，她先將手機接上充電器，聽取手機留言和看完短訊後，走進廚房打開狗食罐頭，手機裡沒有任何她在期待的留言。

她看了一眼冰箱上她和姊姊的合照，那是去年夏天，她剛剛結束實習生涯，開始擔任正式醫師的第一天，朱俊璞為她們拍的照片。

那時她剛認識朱俊璞，一切展現在眼前的都是那麼踏實、美好。

但是現在卻完全不一樣了。

她和朱俊璞之間有一些難以克服的問題，她曾經問過他，是不是分手比較好？但是他沒有回答，後來她又問他一次，他說他不要分手，他只是需要一些時間，他需要一些時間來適應二人的生活。他要她給他一點時間。

她不知給了他多少的時間。

她躺在客廳裡的沙發上，閉著眼睛休息，平常姊姊這時應該便回家了，她會帶宵夜回來，她們會閒聊一天之內各自發生的事情，才各自上床去。

她坐起來再撥起電話，「Room 905，」她說，然後又是一長時間的等待，她掛下電話。

然後，她終於下定決心打電話給朱俊璞。

電話沒人接，她留了言：朱俊璞，不管多晚，請你都給我回電。她掛了電話，將手機攜帶著，走進臥室，換了睡衣，躺在床上，她點起菸，注視著手機，覺得電話似乎隨時都會響，逐漸地，她抱著一個像大碗般的煙灰缸便睡著了。

半夜她突然醒來，發現自己心律極不規整，而小白也正不斷地在床邊呻吟著。

她站起來，走到廚房給牠一些水，已經早上四點半了，朱俊璞沒有回電，或沒有回家？

她考慮了一會，又打電話到德國，仍然是一樣的結果，無法聯絡上，她想像姊姊的現況，已經一整天了，她應該不會不回電。也許發生什麼急事？

什麼急事？也許她到朋友家？什麼朋友？新認識的人？她開始有些著急，便學姊姊雙腿盤起來打坐。

她根本無法靜下來，小白圍在她身邊又叫又跳，似乎要她帶牠出去，她試著想像姊姊可能會去的地方，但是，她不但想像不出來，且愈來愈感到焦慮。

她一根又一根地吸菸，剛點燃又滅熄。

她做了決定。她站了來，開始快速地收拾起行李，半個鐘頭後，她已向機場的航空公司服務台訂了一張到法蘭克福的機票，寫了一封告假函，包括取消週四的會診報告，打電話請一位老友照顧小白，最後，她叫了一輛計程車，並且將一只簡單的行李帶到樓下門口。

一輛車子開進巷口，沒想到是朱俊璞的車子，他在她面前停下車，搖下車窗問她：「怎麼回事？妳到底要去哪裡？」

這個問題凝聚成一股力量化解了她原來緊張的情緒，她眼淚頓時奪眶而出，她說：「我要去德國找我姊姊，我必須馬上走。」

黃色計程車開進來了，朱俊璞下了車走到她面前，擋住她的路，「妳在說什麼？為什麼這麼急？」他看起來滿臉疲憊，而且一點愧疚感全無。

周藏珠說：「我一定要走，馬上就走。」她看了他一眼，又把眼光移開，然後推著行李往計程車走去。

她坐進車內，這才發現，她和朱俊璞的關係已經結束了，就是現在，她告誡自己：這次他太過分了，早已越過她長久的忍耐度。

朱俊璞看著那司機把她的行李置入車箱，走到車前對她說，「我也可以送妳到機場，何必坐計程車？」

周藏珠看著他充滿血絲的眼睛，聞到一股熟悉的菸酒味，她略為激動地說：「朱俊璞，我們之間完了，我必須現在就走，我不要你送，你懂嗎？」

白髮蒼蒼的計程車司機本來完全弄不清楚狀況，這時他聽到周藏珠提到「我們之間完了」，不由分說，便立刻打開後座車門讓周藏珠坐了進來，他努力快速地將車子往巷外倒退，並問：「桃園機場？」

周藏珠點點頭，強忍著椎心的難過，她看著站在清晨巷道中的朱俊璞，彷彿從她生活中倒退而去。

台北往法國克福途中

一架波音七四七客機由桃園機場起飛，不到一分鐘便消失在雲層之上。

周藏珠坐在中艙後排靠窗的位置上，她的雙手緊緊地交握著，眼睛瞪著視聽器螢幕上的畫面，她並不知道在上演什麼，她只是那樣望著螢幕。

這是整個故事的結局了，他們的關係早已告結束，只是她一直無法明智地做下決定，現在一切都結束了，她咀嚼著這句話的意義，她對朱俊璞所說的：「我們之間完了。」愈來愈不舒服的胃幾乎使她想要嘔吐。

頭髮盤成一個髻並且有一張厚唇的空服小姐帶著一名體積龐大的女士走向她，她對胖女士說：「喏，這才是妳的位子。」體積龐大的女人便十分困難地緊挨著周藏珠坐下來，不停喘氣。

周藏珠喝著一杯威士忌加冰塊，她仍然盯著座位前方的小螢幕，台北到法蘭克福還有十六小時。

嚴之寬則坐在商務客艙的前排，戴著耳機正在聽爵士樂，雖然面無表情，其實他正在計算七四七客機上究竟可以容納多少乘客，他剛才注意到頭等艙中坐了經濟部張次長，他也發現這班直航班機只有一年的機齡。

此刻，除了忙著準備送出餐點的空服人員正在廚房走動外，商務艙裡寂靜無聲。

一位皮膚黝黑可能是印度人的中年男子突然狂叫起來，口裡不斷地吐著白沫，整個商務艙頓時大亂，一位男空服員提著醫藥箱急忙跑了過來，中年男子被搬到靠近緊急出口的地板上，有人替他做CPR，有人倒水給他喝，幾個人站在旁邊七嘴八舌，場面頓時很混亂。

周藏珠根本沒有發覺前面的一場意外，她喝了一杯威士忌，便不勝酒力小睡過去。

她抓著皮包的手正抓著山壁上的一束枯草，她抬頭往上看，姊姊距離她幾尺之遙，也正在試著往上爬，而就在此時，她失去平衡，整個人往外滑落，她聽到自己大聲呼喚姊姊的名字，但一切已太遲……她的身體在天地之間旋轉再旋轉，她坐在一架飛機裡，飛機的機身失去控制，正在往下掉落。

她醒了，飛機仍正常飛行，一股細微的嗡嗡聲響。

「請問，妳要雞肉或者牛肉？」厚唇的空服小姐問她，「不，謝謝，我還不想用餐。」她站起來，感到一陣暈眩，但勉強往洗手間走去。

同時，嚴之寬正在吃他的雞排飯，他回憶著剛才查理派克的主旋律，又想起昨天裝飾在老闆辦公室牆上的一幅雕空骨董窗戶，他拿出紙筆，將窗戶上的圖案描繪出來。

周藏珠在洗手間裡已經待了一段不短的時間，她先是自言自語，然後站起來對著鏡子用冷水沖洗臉部，把臉部的化妝品全部塗去。

同時之間，嚴之寬站在隔壁的洗手間裡，正在刷牙，他仔細地刷牙和漱口，刷完牙後，他打開洗手間裡的右上方夾板，他拿出一包拭手用的衛生紙包，並拆開衛生紙包的塑膠包裝，從紙包裡掏出一把手槍，一把 Walter PPK 式的手槍，他將手槍塞入西裝口袋，整理頭髮後，從容走出洗手間，走回自己的座位。

漢堡市區

周藏珠緊張地站在櫃檯前，幾名櫃檯人員都在忙，沒人招呼她。

一對上了年紀的美國夫婦正在仔細地核對帳單上的長途電話費，他們的狗不停地舔著周藏珠，這讓她更焦躁不安，老太太連忙向她道歉，並蹲下來和狗一股腦不停地說著話，狗兒倒懂事地也蹲了下去。

「可以為你效勞嗎？」一名態度和氣的櫃檯男服務員，終於走過來在櫃檯前問她。

「請問，905房的周小姐在嗎？」周藏珠放下她手上的皮包，一邊遙視著另一名男服務員正把她的行李推了進來。

男服務員先注視他眼前的電腦，然後轉頭看身後鑰匙格，他說，「等一下。」

然後便交頭接耳與另外一位旅館的女職員說話。

金髮女職員走向她，她以口音很重的英文問周藏珠：「妳要找周小姐？」雖然她說的「周」聽起來像「窘」，周藏珠還是立刻點點頭。

「妳不就是周小姐嗎？」金髮女職員問。

「我是 Estelle Zhao，我要找 Grace Zhao，她是我姊姊，住在 905 房。」周藏珠一字一字地說。

女職員睜大眼睛看著她，不可思議地搖搖頭說，「是我在做夢，還是你們東方人都長得太像了？妳和 Grace Zhao 實在長得一模一樣。」

「我們是一模一樣，」周藏珠認真地說，「我們真的一模一樣。」

「噢……也許我明白妳的意思了。」女職員說，忙不迭地撥起電話，但線路似乎沒有人接聽，「對不起，905 號房的周小姐不在房裡。」

「還是不在？」周藏珠的心跳頓時加快起來，「她會去哪裡呢？」她問。

「我會知道嗎？」女職員故作輕鬆地回答，她的眼光已經移向她面前的電腦，似乎沒想再特別理會她的客人。

周藏珠站在櫃檯前好一會，她算計她姊姊可能昨夜根本沒回旅館，她硬著頭皮又問一句：「可不可以通知員警？」

金髮女職員停下她的工作，她好奇地問：「妳說什麼？」

周藏珠語氣很著急，「我已經二天一夜找不到她，昨天、前天，我都打過電話來，手機和房間電話始終沒人接，現在我從台灣趕過來，我真的不知道她會去哪裡？」

「因為二天聯絡不上，妳就到德國來？她不接電話並不表示她不在。」女職員說，周藏珠不停點頭，她已經完全失去主意，臉色轉白，手心開始冒汗，她抬頭再問一次：「是不是可以通知員警？」

推著周藏珠行李的男服務員站在旁邊等著，女職員毫無表情地對她說：「妳的行李怎麼辦？妳要 Check In 嗎？」

漢堡市區

周藏珠走入905房時，她立刻聞出姊姊的香水味。

她端視著房間裡的一切，米色的絲質睡衣披掛在沙發的一角，灰色的行李箱平擺在門口附近的行李台上，寫字桌上堆滿了一些商展的目錄，她拿起其中一本，是一個電腦展的資料，另外桌邊還有一張漢堡地圖，她仔細看著地圖，地圖上以鉛筆勾出幾個地點。

此外，洗手間尚留有化妝品及盥洗用具，她發現姊姊的隱形眼鏡盒及清潔藥水都還留在洗手台上。

靜謐的房間反而讓周藏珠感到壓迫，恐慌感一直跟隨著她，莫非……她眼光掃過地面，發現靠牆的床邊留著姊姊的皮包，她焦慮地拾起皮包，打開來檢視裡面的每一件物品：口紅、衛生紙、馬克、地下鐵車票、飛機票、護照和筆記本，她先查看機票上的返程是否更改，沒有，她打開筆記本，裡面居然是令人不可置信的空白，她頹喪地闔上筆記。

還有什麼呢？她找到一只以紅線綁線的玉鐲。

那只玉鐲和她手上的玉鐲一模一樣，是她們的媽媽去廟裡求的，二人把它當成吉祥物，周藏珠皺起眉頭，嘆了一口氣，玉鐲能避邪，為什麼姊姊偏偏忘了帶？她站起來，來回地踱步，這時，電話鈴聲卻突然大作。

周藏珠嚇得心臟幾乎停止跳動，她放下姊姊的玉鐲，小心翼翼地接下電話：「Hello，」她試探及小聲地說。

「我是 Estelle Zhao，」她花了幾秒鐘的時間讓自己靜下來，也明瞭電話只是櫃檯打上來的，原來樓下來了一個人也是要找她姊姊周妙佛，他們想知道她是不是想見這個人，「我馬上下樓，」她說。

櫃檯前一名東方臉孔的男子正在填寫表格，周藏珠走向他，「會講中文嗎？」她神情不太自然地以英文詢問那個男人，蓄小鬍子的男人卻跟她說起日文。

周藏珠轉身問一位年輕的旅館工作人員，「到底誰要找 Grace Zhao ？」他立刻走入辦公室為她詢問，很快走回來對她指指旁邊的咖啡館。

她走進空蕩的咖啡廳時，只有一個東方男人坐在窗邊喝咖啡，他正抬頭看著窗外碼頭的景色，一定是他了，因為現在整個室內只有一個男人，她直直走向他，「您要找周妙佛嗎？」她問。

當嚴之寬看到站在他眼前的周藏珠時，只能以驚愕兩字來形容他當下的感受，他站起來，不可思議地盯住周藏珠。「您是周妙佛小姐？」他不太確定地問。

「不是，我是她妹妹。」周藏珠早已習慣這種誤認，她問，「請問您找她有什麼事？」她同時也在打量著他。

嚴之寬一時語塞，他知道周妙佛有一個妹妹，但他不知道她們竟然長得這麼像，「妳們是雙胞胎？」他重複地又問了一次，沒等她回答，自己便笑了起來。

「您說呢？」周藏珠的緊張一直無法鬆懈下來，她也不禁重複問了他一次，「請問您找我姊姊有什麼事？」

「我是她的同事，我也是記者。」他掏出名片給她，她注視名片：巨人傳媒公司，便問他，公司具體是做什麼的？他打起哈哈地表示，「我們是小公司，出版一些武器入門及軍事百科全書之類的書。」他發現這個長得跟周妙佛一模一樣的女生正非常嚴肅地瞪著他，他只好問她：「妳姊姊在哪裡呢？」

漢堡市區

賓士牌計程車在一家博物館後面的圓弧形淺綠色建築前停下來。

周藏珠付了計程車錢，快速走進建築大廳，二名警衛要求她將皮包放在掃描檢查器上，一名女警走過來對她搜身。

「國籍是泰國？」戴老花眼鏡的德國警察坐在辦公桌前問她。「不是，是台灣，」她說。

「台灣？中國是吧？」老警察看都沒看她一眼。

「不是中國，是台灣。」她抗議著，心裡擔心姊姊下落，焦慮得不得了。

慢吞吞的德國警察又找到另一疊資料，他東翻翻西翻翻，然後撥起電話，周藏珠聽不清楚電話內容，但她知道他在詢問什麼與中國有關的事，她幾乎快失去耐心，想就此離去。

他終於拿起周藏珠填寫的表格，「Grace Zhao 是妳？」他按表對人，周藏珠說，「不，Grace Zhao 是我姊姊，她三天前失蹤了。」他放下老花眼鏡，「失蹤？」他很快地接著說，「妳怎麼能確定她失蹤？」

「我們每天都會聯絡幾次，但這三天來，我不斷打電話給她，她根本不在，按照我對她的瞭解，她不會離開旅館。」周藏珠急促地訴說著，但德國警察打斷她的話，他面無表情地再把表格退給她，「Grace Zhao 的家庭狀況妳要填清楚。」

周藏珠把表格交給警察，他仔細從頭到尾一字一字地讀，「她來德國做什麼？」他問。

「來調查採訪。」

「持觀光簽證進入德國？」

「可能是。」

「沒有申請工作簽證，怎麼可以在這裡工作？」

「她是一家電視台的記者，緊急來報導新聞。」

「哪裡的電視台？」

「日本。」

「是日本人？」

「不，是台灣人。」

「台灣人，日本電視台，跑到德國來違法工作？」

「她沒有違法。」

「以我對我們法律的瞭解，她是違法了。」

周藏珠無可奈何地打量四周，希望有人能協助，但周圍的人根本漠不關心。

「好先生，我一直很佩服德國警察，真的，請您幫忙，不管她是否違法，她失蹤了，您明白嗎？失蹤！」她激動起來。

那位警察有點被她驚嚇似地，先是以安靜的眼光看著她，接著站起身，走至另一房間去了。

周藏珠意識到不祥的預兆，或者她姊姊已從這個世界消失？沒有人知道她的下落？她擲下筆，站了起來，很不安地走來走去，一個女職員正好走進男警的房間，她好奇地看著周藏珠，「他老兄人又不見了？」她笑著說，周藏珠的緊張情緒才稍稍緩解。

男警慢吞吞地踱步回座位，周藏珠決定要和盤托出，希望能催促他。

「你知道台灣向德國買武器的事嗎？」周藏珠問，德國警察專心地聽她說話，他說，「對不起，什麼買武器，我不清楚。」她沒放棄，接著說，「因為中國宣稱台灣屬於中國，如果台灣不服從，中國則有可能動武，」周藏珠一口氣說著，「所以台灣不斷地買武器，其中軍艦是向德國買，這違反北約的協定，所以是非法祕密買賣，而其中有人趁機在其中動了手腳，以圖謀利。」

警察雙手交叉在胸前，他無動於衷，只問了一句：「這跟妳姊姊失蹤又有什麼關係？」

「有關係，因為我姊姊便是報導這則新聞的記者，她來德國便是為了調查這件案子。」她回答他，等著他回答。

「為什麼日本媒體會對這事有興趣？」

「日本是鄰國，基於區域性安全，兩岸關係緊張，當然會關心。」

「噢，這聽起來像部間諜小說，」他點點頭，「妳可以把這則故事賣給電影公司。」

周藏珠完全不接受他故做幽默的說詞，正要開口說話時，德警便很快轉移話題，「我會去查查看妳姊姊是否已在電腦的失蹤人口名單上，若沒有，我會把她的資料輸進去，這樣我們隨時便可掌握她的行蹤，」還加上一句，「妳來德國就是為了找她？妳一個人來嗎？」

「還有一位姊姊的同事，他也在找我姊姊。」周藏珠立刻回答。

「那個人是誰，名字也給我。」那位老警員遞給她一張紙和一枝筆。

這時，周藏珠有點遲疑了，她當下不確定嚴之寬的名字怎麼寫，而且她是不是出賣了這個叫嚴之寬的人，她不確定地看著德國刑警。

「還有什麼問題嗎？」那刑警望了周藏珠一眼，站起來和她道別。

漢堡市區

嚴之寬站在他的旅館房間門口和一名金髮大耳的男服務員交談，那名男服務員手上捧著一盤用過的早餐餐盤，態度非常和氣。

「你最後一次什麼時候看過她？」嚴之寬如獲至寶地打聽著。

「週三清晨我值班，早上八點，我看到有人在旅館大廳等她，那個人打室內電話給她，不久，我看到二人站在大廳門口前交談，再沒一會，她便和那個人一起離開旅館，之後，我再也沒看過她了。」金髮男生的一隻眼睛是淡藍色，另一隻眼睛卻是綠色，這讓他看起來有點神祕，他正在認真回憶那天早上。

「是什麼樣的人？」嚴之寬追問。

「一個中國人吧？至少是東方人，大概四十歲左右，身材不高。」他說話速度或許太慢了，嚴之寬等不及地看著他。

「周小姐認識那個人嗎？」嚴之寬又問。

「認識。」男服務員回想著。

「那個男人長得什麼樣子？什麼特徵？」嚴之寬不放棄任何線索。

「喔，對我們歐洲人來說，你們東方人實在不太好分辨，大家長得都太像了。」金髮男生支吾起來，看起來好像有些猶疑，「嗯，好像是個禿頭。」他很興奮地說。

「禿頭？」嚴之寬自言自語起來，然後陷入沉默。

「我叫史提凡，如果你需要任何幫忙，請隨時找我，這個星期我值晚班。」像招風耳般的男生熱心地解釋，嚴之寬連忙掏出一張十元歐幣塞給他，「謝謝，您不必那麼客氣。」他一邊說一邊把錢收入口袋中，客氣有禮地走開了。

漢堡市區

嚴之寬洗把臉，穿上薄外套，便離開房間，在空無一人的旅館走道尋找周藏珠的房間，他在905房間門口敲門，但沒有人應答，他離開那裡，踏入電梯，走出旅館。

同時之間，周藏珠的計程車剛好抵達旅館，她步上自己的房間之前，也先到嚴之寬的房間門口敲門，一樣沒人應門。

她才走回到房間，電話便響了。她遲疑了一會，伸手拿起話筒。

「Hello，」她說。「喂，」對方說。「喂，」她也改口說中文，「您找誰？」

「請問嚴之寬先生在嗎？」對方是一名男性，操台灣口音的中文。

「嚴之寬不在，他不住這個房間。」

「請問妳是誰？」對方的態度還算溫和，雖然直截了當毫無遮掩地問。

「我，我姓周，請問您又是誰？」周藏珠很耐心地說。

「我是嚴之寬的同事，沒事，沒事。」對方似乎不願意回答。

「您也是記者嗎？」她繼續問。

「不是，不是。」他很快地回答，「記者？嚴之寬是記者嗎？」

「這我不清楚。」周藏珠頓時不知如何回應，她沉默了。

她以為對方就要掛電話了，沒想到他又問：「請問妳是周妙佛嗎？」

「你也在找周妙佛？」她立刻回問。

那人把電話掛了。

周藏珠在房間踱步，然後不安地打開皮包拿出香菸，抽起一根香菸。

電話又響了。

「……」電話那一頭卻沒聲音。「喂，您在嗎？」她緊張地問。「妳是周小姐嗎？」那人說起英文了。

「是的，我是。」她回答。

「我有一筆錢要交給妳。」對方還沒說完便咳嗽起來。

「什麼錢？」周藏珠不解地問他。

「……」咳嗽完又是一陣沉默，「妳是Grace嗎？」對方問。

「不是，我不是，我是她妹妹。」

「對不起，我再打過來，謝謝。」對方將電話掛了。

周藏珠皺著眉頭又吸了一口菸，一時卻被菸嗆住了。

漢堡市區

周藏珠一夜無眠，清晨她快入睡時，卻被鳥聲吵醒，然後再也睡不著了。她起床再度檢視一次姊姊尚留在房間的所有物品，她決定換上一件姊姊的淡黃色襯衫以及戴上一條她的珍珠項鍊。

小時候，她們姊妹幾乎永遠穿一模一樣的衣服，連她們的洋娃娃也一模一樣，新的娃娃剛買來時，她們也無法分辨彼此的娃娃，逐漸地，她們尋著一些時間留下的痕跡認出自己的娃娃，她們的一些親友也慢慢地可以認出她們，但對一些不熟的不速之客，她們總是喜歡佯裝另一方，使別人感到混淆、不知所措。

她們一向喜歡這個小把戲，而這世界上沒有多少人可以玩這樣的遊戲。現在，她站在鏡子前看著自己，她可以佯裝是她姊姊，很少人會分辨出來，她們連聲音都那麼像，雖然她的個性和姊姊完全不一樣，姊姊積極激進，她卻被動敏感，她們的交集是彼此的幽默感，兩人相互瞭解到可以完全知悉或預測對方的想法和行動。

她從來沒靜坐過，此刻學著姊姊坐下來靜坐，她想，或者如此可以感應姊姊此刻的身受。

記憶的空間裡都是笑聲，發自遠方的笑聲，無憂無慮的笑聲，她聽到姊姊在呼喚她，然後，朱俊璞的臉浮現了，她睜開眼睛。房外走道上傳來笑聲及說話聲。

她站起來在鏡子裡打量自己最後一眼，便離開她的房間。在走到電梯的走道上，她發現嚴之寬的房門開著，清潔女工的推車停在門外，她想都沒想便走進去，房間裡沒有人，沒有個性，是一間空的房間，她想像他就住這裡，這時清潔女工從浴室走出來，她被周藏珠嚇了一跳。

周藏珠向她道了歉，她像幽魂般離開，下樓至旅館的咖啡館用早餐，她只叫了一盤麥片加牛奶和一杯咖啡。

「妳早。」有人和她說中文。

她順著聲音的來源抬起頭，是嚴之寬。

她回應他，「你早，」繼續喝了一口咖啡。

嚴之寬手上帶著一份報紙，他在她桌前坐了下來，問她是不是想到商展看看，據他所知，周妙佛曾在失蹤前採訪過一個商展，或許，去那裡走走可能找到什麼線索，他這麼說。

「不，我今天有別的事。」她語氣有些冷漠，她一直記得昨天的電話，但她不想提起。

「那我就先走了，待會見。」他原本大概想與她攀談，但她的冷淡打斷他，他又習慣性地笑了，露出潔白的牙齒，一副無所謂的樣子。

「待會見。」周藏珠聲音很微弱，她迅速地回頭看他一眼，又逕自轉過頭去。

漢堡市區

嚴之寬往海港街走去時，並未注意到周藏珠在身後跟著他。

周藏珠走在他後面，她想，漢堡海港的空氣似乎有大西洋的味道。

嚴之寬雙手插在薄外套的口袋裡，彷彿無所事事地往前走，他邊走邊停，好像在找尋什麼路標，最後他在一家藥房門口停下來，並走了進去。

他從藥房走出來時，周藏珠站在對街，剛好被一輛巴士擋住，她這輩子第一次跟蹤一個人，十分缺乏臨場經驗，動作十分慌亂，場面簡直像卡通片。

當她走到巴士後方時，沒想到嚴之寬正朝著她這一面走過來，她急得連忙躲進一家花店。

她站在花店裡，透過花叢外的玻璃觀察嚴之寬，他站在離花店前不遠的人行道上正在東張西望。

「您需要什麼嗎？」一個胖女人走過來問她，「我要那一束花。」周藏珠隨便指向一束白色的百合。

時間一分一秒地過去。

嚴之寬已往反方向走了，她急忙付了錢離開花店，她發現這一束花給她帶來一些方便：她可以用花束擋住自己的臉。

她跟著他走入一棟油漆斑剝的大樓，他一直走到公寓裡面的庭院，在那裡站了一會，然後穿過庭院走進地下室。

躲在牆後的周藏珠慢慢聽到地下室傳來的音樂，她也跟著走進地下室。

地下室烏黑一片，只有前方舞台的燈亮著，舞台右側擺置了一些音響樂器和電子鍵盤，一位穿緊身連身短裙的黑髮女郎正在調音，由於舞台上的燈光打在她身上，也因此周藏珠注意看了她曲線畢露的身材，一陣刺耳的高音穿過空氣傳進她的耳朵。

地下室是一個類似劇場的場所，也許當天，一場表演或者音樂會將在這裡舉行。

周藏珠巡視了觀眾席，幾個人在討論燈光應該如何處理，嚴之寬坐在第三排的座位上，他在抽菸，眼光看著台上，周藏珠站在門口，為了隨時可以離開，她站在那裡時，一點都不明白，這叫嚴之寬的人究竟是什麼人，他到底為什麼要找她姊姊？

也許他才是她姊姊失蹤的原因？

這時，劇場音效似乎有些失控，時大時小，黑髮妖媚的女生停下來，她認出了嚴之寬在場，大聲地喊他「阿寬」並衝到他面前，嚴之寬站起來，女郎以雙手圍住他的脖子，這時舞台上的燈光突然熄了。

周藏珠就站在門口，在那一秒中，她決定立刻離開現場，並且未來不會再理會這個姓嚴的傢伙。

她走出地下室，往大馬路快速地移動，她迷路了。

漢堡艾利斯港口

艾利斯港口內的電腦展已進入尾聲，一些電腦廠商已開始撤除他們的攤位，商展現場有點混亂。

周藏珠站在入口處，她拿著一份現場指標，找尋著台灣館所在，她急著詢問了好幾個人，終於才找到。

現場彷彿又回到亞洲，四處是那麼熟悉的面孔，台灣人的面孔是獨特的，他們很容易辨識，令周藏珠感到驚訝的是來自台灣的參展者眾多，她從來不知道台灣已有這麼多產品和不同的電腦商，有些廠已有非常先進的技術形象。

但這些人跟她姊姊又有什麼關係？自從和姊姊失去聯繫之後，周藏珠的心每天都起伏不定，不但胃痛也常常頭痛，她從皮包裡找到阿斯匹靈。她坐在商場臨時設立的咖啡座上，拿出姊姊的採訪筆記，姊姊周妙佛曾採訪過台灣廠商天王星電腦公司的經理黃先生。

靠著會場繪圖，她很快便找到天王星（URANUS）公司，現在問題是她應該如何介紹自己？她環視展覽會場周遭，一位戴老花眼鏡的中年人熱心向她打招呼，她禮貌地回應他，沒想到他卻請她到展示場內坐，周藏珠若無其事地走了過去。

「剛剛才從布萊梅回來？」那名看起來不太像中國人的中年人問她。

周藏珠覺得這個問題似乎可以解答她心裡的疑問，她點點頭，心裡有股動機在催促她佯裝自己剛剛從布萊梅回來。

「有什麼收獲嗎？」黃先生神祕地問，這讓她感到不安。「我告訴過你我要去布萊梅嗎？」她隨口問他，帶一些開玩笑的口吻總是錯不了的。

中年人笑了，他說，「周小姐，這個妳怎麼問起我來？妳自己最清楚嘛。」

周藏珠幾乎就要承認自己並不是周妙佛時，她看到嚴之寬也出現在人群中，她下意識地低下頭去，為了接續男人的話題，她說：「是嗎？」一個不算回答的回答，然後有些發窘地看著對方。

但是這個男人似乎並不以為意，他繼續好奇問：「我上次幫妳備份的資料有進一步發現嗎？」

「什麼資料？什麼發現？」周藏珠硬著頭皮問下去。

「哈，周小姐，您真是會說笑。」他站起來從身後的櫃子下取出二瓶可樂，遞給周藏珠一瓶，並為她倒入一只紙杯，另外一瓶自己便喝將起來。「不方便說的話，改天再說，您不必客氣，我瞭解，我瞭解。」

周藏珠心裡在盤算著，臉上卻堆滿笑容，她看了一眼他身上別的辨識證，發現他並不姓董，「黃先生，您知道嗎？一件怪事發生了，有人把我的電腦偷走了，我現在很需要電腦裡的資料，我實在不知道怎麼辦？也許您可以幫忙幫到底？」她臨機應變，希望此行有收獲。

「妳的電腦不見了，那妳要我怎麼幫妳？」黃先生收起笑容，現在他看起來不像個台灣商人，倒有些做賊心虛的樣子。

「我也不知道，也許，也許，您上次幫我備份的內容剛好在您的電腦上？」

周藏珠彷彿像背台詞地說。

「怎麼可能，不可能嘛。」他立刻以嚴肅的語氣回答她。

漢堡市區

巴林丹街上的夕陽美得像一張歐洲風景明信片，周藏珠站在街邊張望，她看不到任何計程車，只好無目的地往前走去，希望能走到一個地下鐵車站。一輛車停在她身邊，嚴之寬探出頭。

「我載妳回去吧，反正我們住同一個旅館。」他的神情安靜。

「不必了，謝謝。」周藏珠十足地客氣，她的態度明顯變冷漠了。

「妳走錯方向了，旅館在後面，坐地鐵的話，妳得往左轉。」他在後面喊她，並慢慢將車子駛向前方，他問她，「怎麼了？為什麼對我不理不睬？」

大概這句話讓她停了下來，她摘下太陽眼鏡，「我覺得你這個人很奇怪，」她趴向他的車窗，「我是我，你是你，我不明白為什麼我們得一起行動？我連你是誰都不知道，有這個必要嗎？」說完，她又往前走了。

「妳對我有敵意嘛，」他的語氣開始有些無可奈何。

後面的車隊不斷地鳴按喇叭，示意嚴之寬行動，「進來吧，我們不應該是敵人嘛。」他請求她。

周藏珠停了下來，考慮了一下，走向他的車子，開門，坐了進去。「有人打電話來找你，我才知道你根本不是新聞記者。」她看了一眼他的側臉，「我不懂為什麼你要說謊？我怎麼信任你？我可以信任誰？我姊姊已經失蹤三天了。」她將頭轉向車外，以遮住不爭氣的眼淚。

「我……」他欲言又止，「沒錯，我不是記者。」

嚴之寬將車子開往路邊停下來，「這是全部我可以告訴妳的，其他的還不能告訴妳，這樣妳懂了嗎？重要的是，妳應該明白，我也想找妳姊姊，我們有共同的目的。」

他一向是博愛主義者，他最不能忍受女人在他面前哭，因為他太容易被女人影響了，有時讓他很為難。所以他習慣上便是呵護女性無微不至，避免任何和他有關係的女性人有流淚的可能。

「我想知道你到底為什麼要找我姊姊？」她抬頭望他一眼，立即把目光移開。

「我沒有什麼目的，除了我的工作職責外，我也想幫助妳姊姊，擔心她的安危。」嚴之寬慢慢地說。

「誰派你來的？」她趁機問他。

「我現在還不能告訴妳。」他故作輕鬆的口吻說，「妳那麼聰明，早晚妳會知道，就不要為難我了，好嗎？」拿起一包衛生紙遞給她。

「為什麼你要幫我姊姊？」她一邊擤鼻涕一邊問。

「我喜歡妳姊姊，也可以說，很崇拜她，她一向跑獨家新聞，像她這麼勇敢果斷的記者很少，不多見，我收集她所有寫過的新聞，」嚴之寬並未迴避周藏珠的眼光。

「你們根本不認識，你不覺得這是暗戀嗎？」周藏珠的語氣略帶指責。

「好吧，如果妳覺得是暗戀的話。」嚴之寬看著她，「我喜歡她，這有錯嗎？」

「你喜歡的女人應該不少吧？」她隨口說了一句。

「妳是指今天劇場那個女人？」嚴之寬發動車子引擎。

「哪個女人？」她假裝不知情地回答。

他說，「她是一名作曲家，她是我以前在德國讀書時代的女朋友。」然後將車子開向前方，他沒再理會周藏珠的表情。

漢堡市區

「有我姊姊的消息嗎？」周藏珠進了旅館，便大步地走到櫃檯前，她詢問一位新值班的瘦高男服務員，他正在接聽電話，那人暫時按住話筒，「對不起，沒有任何消息。」他看起來相當嚴肅，然後一手交給她一封信。

周藏珠立刻拆閱讀起信箋的內容，信箋內容是要她姊姊周妙佛立即回電。

「周小姐，有人送一盆花來。」另一位女服務員跑來叫住她，手上捧著一大盆花。

一盆精緻又盛大的花束，周藏珠打開包裝上的卡片：周小姐，祝您生日快樂！

是祝福她嗎？還是她姊姊？怎麼可能有人記得今天是她們的生日？送花的人

沒有署名，她以為是朱俊璞越洋送的，過去她在新加坡出差時，朱俊璞便在情人節透過花店安排送過花，當時讓她又驚又喜，但是眼前一朵天堂鳥卻讓她打消念頭，朱俊璞知道她不愛天堂鳥。

她將花擺在浴室的窗前，脫去姊姊的裙子和襯衫，突然她在姊姊的襯衫口袋中發現一張字條，上面以原子筆記了一個電話號碼，她仔細看了半天，把號碼抄在筆記本上。

查理．高登，美國貿易局漢堡代表處。

她走入浴室，踏進澡盆中，打開水龍頭沖浴，她想起朱俊璞，他們的關係真的結束了，連今天是她的生日，他都沒給她打電話！她一直是孤單的，即便與他在一起，她仰臉朝水龍頭，希望熱水能沖去一切記憶。

在這世上，現在她唯一關心的是她姊姊周妙佛的下落。

她想像她的行蹤，或許，突然有事要到別的城市？她曾經聽過姊姊提到法國一家造船廠，或者，她現在便在法國？一股疑慮卻像浴室內的水氣一樣聚集不散。

不，如果去法國，為何把行李還留在房間？而且重要物件全未帶走。疑慮像浴室內的水氣一樣聚集不散，浴室的落地鏡一片水蒸氣，她再也看不到自己的身影。

周藏珠從浴缸裡站了起來時，房間裡的電話響了。

漢堡市區

嚴之寬停好他租來的藍色福斯車，回到旅館大廳時，天色已完全暗了。

他走回房間，特別經過周藏珠的房間，他敲敲門，但沒有人應，他聽到浴室的水聲，當他正打算離開時，他聽到她房間的電話響了，但並沒有人接，他走回自己的房間。

才開了門，他的電話也響了，是陌生人的聲音，對方說：「如果你們想再繼續留在德國，後果會跟那盆花一樣。」

當他會過意，「喂喂」想叫住對方時，電話已掛上了。

他站在電話前思索著，花？他巡視著房間，什麼花都沒有，再度走到周藏珠的門前，他用力敲門，過了一會，她終於頂著濕濕的頭髮來開門，當她看到他時，只問：「又有什麼指教？」她的態度稍微友善些，仍帶著一股說不出來的任性。

「妳今天買了花嗎？」他眼光打量著房間，一邊急著問。

「我為什麼要買花？」她站在門口，沒有任何請他到房間的表示。

嚴之寬逕自走進她的房間，他聽她在後面喊，「人家又沒請你進來！」但他不理會她，他仔細地環視四周，然後走進浴室。

「妳為什麼沒告訴我？」他急忙打開浴室的窗戶，將那盆花朝戶外的空地擲去，並拉著她往門外衝，周藏珠被拉得大叫起來，「別叫！」他說，拉著她跑到走廊盡頭，靜無一人的走廊上，她撥開他的手臂，很不高興地質問他：「你到底在做什麼？」他正要開口說話，室外一陣爆炸聲便響起了。

漢堡市區

經過爆炸事件後，周藏珠整個人被驚嚇得說不出話。她蜷縮在旅館貴賓室的沙發椅上，動也不動。

現在，她已確知姊姊是被人綁架了，她必須鎮靜下來，必須思索清楚，她隱約感覺到，姊姊的生命安全現在完全依賴她了。

旅館外消防車已抵達，幾個旅館職員也往外走，他們已請周藏珠到貴賓室稍安勿躁，並送了一杯礦泉水到她面前。

「是不是應該緊急和姊姊的媒體聯絡？」她神色著急，嚴之寬一手扶著她的肩膀，他仔細為她分析，他認為，有人既然都出面威脅了，如果冒然和外界聯絡，也可能激怒對方撕票，何況，敵暗我明，他們的目的仍未暴露，周妙佛失蹤的原因畢竟和她的工作有關，若和動不動就大作文章的媒體合作，未必對她姊姊的情況有益。

周藏珠喝著水，她不停地喝著水。

嚴之寬看起來也心事重重，他知道他碰到棘手的大案子了，到目前為止，他完全沒有任何有利線索，他找不到任何破綻，而這個倔強、瘦弱的女孩坐在他面前，一個長得像他愛慕的女孩，坐在那裡，看著他，等待他伸出援手，她姊姊三天前在這個異鄉的土地上失蹤了，那個他愛慕的女孩。

敲門聲響了，兩人彼此四目相覷。

「有什麼我們可以效勞的地方嗎？」旅館的副理自己帶著一瓶香檳，他一進門便不斷說抱歉，不過他很技巧地迴避了責任。所幸，爆炸物沒有傷及任何人。

他說，客人要求旅館代為轉達物品，旅館有義務照辦，而物品檢查無法百分之百確定任何意外不會發生，由於他的句子愈造愈長，嚴之寬很快地接過香檳說，「我們只想盡快回到我們的房間，謝謝。」他拿出小費給那個自稱副理的人，但被他拒絕，「好的，請再等一下。」副理很快便告退了。

嚴之寬闖上門，他做下結論，爆炸事件至少可以這麼詮譯，有人可能害怕他們的追查，或者還有求於他們，周妙佛因此也一定還在他們手中。

周藏珠嘆口氣，她從口袋裡掏出那只玉鐲，「這是我姊姊平常帶在身上的避邪物，」她拿給他看，語氣平和，但眼神仍迴避著他。

他感受到她的恐慌，她是害怕他嗎，還是害怕剛才所發生的一切？嚴之寬拿起玉鐲，他看著她，而她眼光呆滯地看著桌角。

「妳的意思是，妳姊姊是在不得已的緊急狀況下出門，或許有可能被挾持出門。」他重新思考這一切。

「有可能是後者。」她平淡地加上一句，「我當時在最後一通電話結束前有聽到有人出聲。」

「我明白妳的意思。」他站了起身，走到窗前，「妳還有別的線索嗎？」

周藏珠取出皮包裡的筆記本，給他看一組電話號碼，她說，「筷子餐館這張名片有些摺損，不是我造成的，我猜，姊姊可能使用過這張名片，這個電話號碼我也試過，但沒人接。」

「妳想喝咖啡嗎？沒有咖啡我幾乎不能把事情想清楚。」嚴之寬略帶不好意思的表情，使本來心情難過的她笑了出來。

十分鐘後，一個帶有狐臭的服務生端來二杯熱騰騰的咖啡。

嚴之寬從右口袋掏出一大把零錢給他做小費，但服務生卻不願收下，他說，「可不可以給我一個台灣錢？我的兒子在收集各國錢幣，他對外國錢幣特別有興趣。」

「兒子？」嚴之寬嚇了一跳，那名服務生看起來不到卅歲，怎麼可能有個兒子在收集錢幣？他很快地從左口袋拿出幾個銅板給他，他高興地道謝走了。

周藏珠拿起桌上的電話，她先撥筷子餐館，問了營業時間，週日休假，平常營業時間是中午十二時至三時，下午六時至十一時，「要不要訂位？」對方問，周藏珠立刻說，「不必，謝謝。」她掛上電話。

另一個電話號碼打過去，響了幾聲沒人接，之後是答錄機，機上是一個德國小孩的留言，小孩一邊說一邊笑，周藏珠急忙也掛上電話。

漢堡市區

周藏珠走進十八號大樓，她還不確定那裡便是日本 Media One 電視公司的柏林辦公室，站在樓下看，那棟大樓只像一個服裝公司，她仔細看了一下門牌，是有這麼一個辦公室，樓上便是剛果大使館。

「請您稍等一下，我正在忙。」戴眼鏡的男人告訴她，他給她一張椅子，示意她坐下，然後不停地拍打電腦，接了一通電話，通話時偶爾蹦出德文國罵：Scheise。

她坐在男人的辦公室裡，辦公室裡除了書桌、公文架及公文外，就是窗外的一堵牆，把陽光和風景全部擋住的牆，房間牆壁上掛了好幾幅日本浮世繪。

「好，現在妳可以說了，到底怎麼回事？」男人打完字，講完電話，轉過椅子望向她。「這樣吧，妳姊姊哪一天失蹤的？」他問。
「這，我不能確定……」周藏珠囁嚅起來。
「為什麼妳不希望此事公開？」他雙手交叉在胸前，目光透過圓圓的眼鏡射向她，他看起來正像一個不折不扣的日本人。
「我怕打草驚蛇，如果事情公開出來，我姊姊反而有更大麻煩，」她想了一下，無可奈何地說。
「但她是我們的記者，我們有必要注意她的人身安全，」說話很直截了當的男職員問她，「她何時走失？」
「她不是走失，」周藏珠提高了一點聲量，「我在猜，可能有人綁架了她。」
「妳就這麼確定？」男人站起來倒水，一杯給她，一杯給自己，「如果真是如妳所說，那這便是全球獨家新聞了。」
他輕輕地笑了起來，「對不起，妳認為我該怎麼幫妳忙？」
她看著他，一時無語，只能茫然地看著他。
「你之前認識我姊姊嗎……」她感覺這個男子似乎對她有敵意，或者對她姊姊？但也只能坦誠以告，「我只是來請教你，是不是你們這一陣有聯絡，她是否告訴過你什麼事？」

「我們之前沒見過面，沒有，我連公司派她來德國都不知道，是妳昨天打電話給我才知悉的。」他很快地回答她，也許她姊姊和他有新聞的競爭關係？周藏珠突然想到這一點。

「你知不知道？我姊姊負責貴社一樁敏感的重大新聞採訪。」她做了最壞的打算，她想下這個賭注，想知道鼠臉男人會怎麼樣？她看著他，他先愣一下，然後搖搖頭，他說：「我不知道有什麼重大新聞，」隔幾秒，他又說，「如果連我都不知道，那便是總社的意思，此事不該有人知悉。」

周藏珠只好打住這個話題，就這樣看著他，男人也不知所措地回看她，好一會，電話剛好響了。

「抱歉，我必須接個電話。」他用英文對著電話筒說，「是，知道，沒問題。」他掛上電話。

「對不起，」他站起來，「您麻煩等一下。」他往隔壁房間去了。

她有些不耐地坐著，房間的門和窗戶雖然都已打開，但是空氣仍然有些濁悶，她站到窗前去看看，那座室外的牆，把所有的視線都擋去了，沒什麼可看，她回頭在辦公室裡踱步，她覺得胸口一股壓力好大，「姊姊，妳到底在哪裡？」她在心裡喊著。

這時，男人走了進來。他坐了下來。

「周小姐，這是我認為最有可能的資料，妳先拿著，另外，老實說，我覺得最好還是向總社報告，妳今晚再多考慮，」他坐下來，抄了一個電話號碼，「我們明天聯絡一下。」

漢堡市區

筷子餐廳裡幾乎座無虛席，嚴之寬站在餐館門口好一會了，一名長頭髮的中國男服務生才走過來，漠然望他一眼，以德文問：幾個人？

嚴之寬出示一根手指頭，然後他被帶往一個大桌子與三男二女合座，他們倒是無所謂地向他打招呼，他在靠牆的位子上坐下來。

整個餐廳在他面前剛好可以一覽無遺，他身後則是一個大而華麗的水族箱。隔座，幾個中國南方來的男人正在討論要叫什麼菜，嚴之寬看了一眼他斜對面男人盤裡的菜，他的一盤炒麵看起來和義大利麵差不多，除了沒有番茄醬外，連麵條也一模一樣。

嚴之寬叫了二道菜，一杯啤酒。

他轉頭看著水族箱，巨大的水族箱裡養著各種各式的大小魚類，一條大魚正追趕著一條小魚，他津津有味地看著，他想，那裡其實是一個人類的世界，也有著與人類一樣的權力和次序。

他拿出周妙佛的照片，他凝聚所有的想像力，她可能去哪裡？服務生的聲音打斷他：您可不可以將皮夾移開？

他拿起皮夾讓出空位給服務生放下菜盤，正打算把照片收起來時，靠近他左手邊一位胖女人卻問他，「我可以看一眼您的照片嗎？」他原本習慣會拒絕的，不知道為什麼，他卻大方地將照片交給她，胖女人看了看便還給他，「您的女朋友嗎？」她問，他點點頭，又同時搖搖頭，女人笑了，她說，「這個女孩今年有一場大災難。」

他愣住了，驚訝地問她：「您會算命？」女人只是微笑不語，她說：「這叫同時性。」然後，她和朋友站了起來，離開餐廳前，又對他說了一句：「你們東方人有個說法，該是你的便跑不掉。」然後便衣袖翩然地走了，她身上一串鈴聲也跟著飄了出去。

嚴之寬拿起筷子時，一群男女德國警察突然一個一個走了進來，他們帶著警犬，顯然不是來用餐，臉色蒼白的經理連忙過去詢問。

嚴之寬豎起耳朵聽，德國警察之所以不速前來，原因大概為了臨檢。果不其然，好幾位警察沿著餐桌要求客人將身分證件拿出來，一些客人不太高興地照辦，經理先是阻止他們，急著打電話去了。

嚴之寬立刻站起來去洗手間，他慢慢繞過正在打電話的中年男人，他注意到中國經理神情十分緊張，他在電話上說：「沒辦法，他們手上有勞工局的文件……」嚴之寬在經過廚房時，看到廚房裡每一個廚師都被要求雙手靠牆，以便進行搜身，一個體格高大的年輕警察指著冷凍櫃下面說：「這是狗肉嗎？你們中國人吃狗肉？」

走道上沒有人，只有幾座巨大的三星老人木雕和一個上了香的神位，嚴之寬看到走道旁一扇門，門上掛著一個牌子：職員專用。

他開門走了進去，裡面盡是食品和廚房用具，地上鋪著床墊，可能有人晚上就在這裡就地而息，他看到角落幾只皮箱，正想打開來看，有人開門走了進來。

他連忙躲到食物架後面，原來是餐廳經理帶著負責臨檢的警察進來，經理說，「這裡已經第二次，我沒辦法做生意了。」留著大鬍子的警察則說，「是不是漏繳稅金？還是什麼？我們是照章行事。」經理聲音低微客氣，「我們只有一個洗碗工沒有工作證，請您多多包涵。」

之後一陣沉默，嚴之寬不知道二人在做什麼，突然之間，警察說了一句，「您請老闆給我打電話。」二人便離開了。

嚴之寬摸黑地站了起來，他先撞上貨架，然後慢慢摸索走到門口，他在門口猶疑了幾秒，才開門走了出去。廚房的人員檢查還沒結束，他佯裝去上廁所，一隻在廁所搜尋毒品的狼狗一看到他便吠了起來，他連廁所都不去了，很快走回自己的座位。

他離開筷子餐廳，在街上漫無目的地走，不知走了多遠。他腦海中先浮現了周妙佛的影像，但隨即又想起他和周藏珠的對談。

漢堡市區

北德的黃昏，晚上九時的天色未暗，周藏珠與嚴之寬站在旅館附近的一個小吃站（Imbiss）前，那是由貨車改裝的臨時小吃站，專門賣一些香腸、豬腳和馬鈴薯之類的小吃。

嚴之寬要了一個三明治，周藏珠則只喝一杯咖啡。

一個溜冰路過的高大男孩點了一份肥大的香腸，上面澆了許多咖哩和番茄醬，他腳踏溜冰鞋當場便吃將起來，一個金髮女人走過來，她叫了馬鈴薯條，長得像納粹黨人的光頭老闆手臂上都是刺青，他問她：大份還是小份？女人說：小份。但一會遞過去的卻是驚人的一大盤。

「餓嗎？」嚴之寬問她，但周藏珠搖搖頭，她想著姊姊，眉頭一縮，又嘆氣了。嚴之寬也啜著咖啡，無語。

周藏珠的淚水流了下來，為了不讓他發現，她急忙用手拭去，靜默一會，她說，「明早我要打電話給日本媒體，要他們把整件事報導出來。」她似乎已考慮了很久了。

「我覺得輿論的力量比較有用，」她神情黯然，「我真的不知道怎麼繼續下去。」

「我想，筷子餐廳和那個電話號碼，這兩個訊息很重要，應該可以得到一些眉目。」嚴之寬安慰她，昨天，他也有一些悲觀的看法，但是今天他卻相信他一定可以找到周妙佛。

「萬一還是找不到呢？時間不停飛逝，我怕情況愈來愈對姊姊不利。」她的聲音哽咽，過去，她從來沒有遭遇更糟的情形，她無法想像再也看不到姊姊的一天。

「如果妳一定要公開此事，我只請託妳不要提到我。」嚴之寬終於提起。原本要說別的事的她，聽到他這麼說，情緒有了轉變，「你怎麼這麼自私，到這種時刻，還只想到你自己。」她的表情很不高興。

「這跟自私沒有關係，我已經告訴過妳，我的工作有保密的必要，不可能曝光，只要一公開，我就得立刻離開德國。」

「就得立刻離開德國，當然，就沒有公費可以報帳了。」她很挑釁地說。

「請不要把別人都看得那麼低級，好嗎？也許有些到國外出差的人有這種心態，但不要以偏概全，或者，以全概偏嘛。」嚴之寬心情也被感染得很低調，他擺出頑皮的笑容。

「我怎麼會把你看成低級？我對你根本還沒有想法呢，我們根本還不認識，」周藏珠為自己辯解。

「我知道，妳是很冷漠的。」嚴之寬搖搖頭，他故意激她。

「那你們警察就不冷漠嗎？」她脫口而出。

「我不是警察。」他卻平淡地一句。

「你們軍人。」她還是不放棄。

「我也不是軍人，妳看我像嗎？」他聳聳肩，無所謂地表示。

「調查局。」她仍然一副篤定的語氣。

「該說的我不是都說了？知道了又有什麼用？妳怎麼一直想不開，我們要找的不是同一人，」嚴之寬一直語帶微笑，「妳還是不信任我，我也沒辦法，妳不覺得妳在我身上浪費太多時間嗎？」

「我不覺得。」周藏珠有些生氣，她對他的說辭很不滿，但一時不知該說什麼，只好拿著皮包走了。

嚴之寬急忙付了錢，跟了過去，但是轉眼間再也看不見她的蹤影。

天邊逐漸暗了，行人匆匆，這是北德的夏天夜晚了，嚴之寬站在十字路口，還是一張微笑的臉，沒人可以看透他的心思。

其實，周藏珠坐在巴士上，她正轉頭一動也不動地注視著站在路旁的他，以及不斷倒退的街景，她察覺自己有一絲後悔和不安，也許，她對他有一些來不及理清的情愫？她應該信賴他嗎？

此刻，她多麼希望朱俊璞能和她同車而行，但他們的關係不是已清楚地走到盡頭了，她為什麼還想他？

布萊梅郊區

布萊梅R廠的辦公室裡，滿頭白髮的老鮑爾坐在椅子上，他正在仔細地對照著幾份文件，臉色十分難看，身體微微發抖著，他的義子小鮑爾坐在桌邊，情緒也很激動。

老鮑爾擲下文件，對義子發了火，「我告訴你多少次，這筆生意不能做，你卻還想偷偷地進行。」他闔上文件，「你跟這個姓林的到底在搞什麼？」

「他在台灣海軍待過，對那邊的狀況比較熟悉，我只是請他幫些小忙，」小鮑爾說，但老鮑爾立刻打斷他，「你老是想打如意算盤，做生意不可能這麼簡單。」

小鮑爾從來沒被他養父訓過，他漲紅臉地解釋，「和台灣做生意就是必須靠這些人，他們有他們的文化，他們有他們的制度。」

「所以我不是說，台灣生意不能做嗎？」老人說著說著，突然打開文件，指著上面的數字，「報價單數字這麼高，他們那邊也沒意見嗎？」

「報價單三個月都可以漲一次，是合理的，何況這是重大軍事機密技術轉移。」小鮑爾急著說，「價格是比原來高出了百分之卅，可是台灣那邊一定會接受，他們有的是花不完的預算，這也是和內部講好的條件。」

老人慢慢閉上眼睛，「這生意只能做一次，沒有第二次了，」他搖搖頭，「這次的出口許可證沒有上次好拿了。」

「我們可以再找友台議員想辦法。」小鮑爾努力想挽回養父的心意，「這筆生意不做，公司的財政情況可能無法支持下去了。」

「就算我們要面臨倒閉，這筆生意還是不能做。」老鮑爾自從在八〇年代賣船體給南非出過事後，他開始對走在法律邊緣的生意不感興趣，這回他是下定決心了。

「公司的決定權又不是你一個人，我也有一份決定權。」小鮑爾知道老人的心意已定，他很不客氣地當著他的面把話說清楚。

「只要我還活著，這筆生意就不可能做。」老鮑爾努力把手伸向電話按盤，他按了電話鍵，正要說話時，小鮑爾一拍桌子，很生氣地站起來。老鮑爾放下電話。

小鮑爾握緊拳頭說：「這生意我們做定了，不管您怎麼說。」

「你瘋了嗎，敢這樣對我說話？」老鮑爾也氣得發起抖來。老鮑爾一直沒有兒女，當年他在孤兒院收養了小鮑爾，絕對沒想到今天這位義子竟然如此向他說話。

「您現在不會有麻煩，如果您不讓我做這筆生意，您肯定才會有麻煩，姓林的幾次告訴過我，他知道您捐贈款項給極右組織的事……」小鮑爾故意要激怒老人。

「你，姓林的，你們竟敢！」老鮑爾一生氣，血壓驟然升高，他的臉色完全變白，了無血色，講話聲音突然中斷，他躺向靠椅。

小鮑爾不知道老人要做什麼，他等了一下，靠近了他，檢查他的呼吸，然後打電話給克麗斯汀，他說，「叫一輛救護車。」

漢堡市區

離筷子餐廳不到一百公尺處是一座公共停車場，嚴之寬將他的福斯車停在停車場最頂樓，眺望一覽無遺的餐廳及車水馬龍的城市夜景，他抬頭看了一眼湛藍的天空，感到夏天的空氣怡人。

他回到車上，聆聽耳機上的動靜。

四周都是空車，今晚附近的泰利亞劇院正在上演《歌劇幽伶》，吸引了漢堡附近許多觀眾，稍早，他在街上繞行時，便注意到劇院的海報。然後他找到了這裡，對他收聽耳機裡的聲音最清楚。

他已這樣坐在車裡二個多小時了，吃過一個半三明治，喝了一瓶可樂，抽掉半包菸。

他的耳機裡的聲音不很清楚，雜音很多，他必須集中精力才勉強聽得懂，有時，他甚至懷疑傳來的聲音不是中文，而是越南文，或泰文。他倍感疲倦。

他再度點燃一根菸，沒有心思去理會天邊垂著的那一輪下弦月，耳機裡先是漫長的寂靜，突然傳來一些談話聲，他拿出筆記本開始迅速做下筆記。

他興奮地坐直了身體，仔細地聽著，卻是一些有關員工之間請假的閒聊，再不久，又是無聲的沉靜，突然之間，以德文談話的聲音傳來。

「我跟著計程車，她先是到服裝店，試穿了很久，大概買了不少衣服，然後，她去洲際飯店。」

「她去那裡做什麼？」

「和一個男人，男人可能就住在那裡，談了二個多小時。」

「你幫我一個忙，等一下去洲際飯店查一個人是否住在那裡……查理．麥迪生。」

「查理．麥迪生？美國人？」

「也許他有其他名字，對，美國人，約四十、五十歲，登記職業是律師。」

「現在去？」

「等一下，那邊的人有沒有找她麻煩？」

「除了今天，她一直都在房間裡沒有出去，我不知道她在房間裡做什麼？」

「……」

一個穿花襯衫的男人走向他的車窗，他用拳頭不停地敲打車子的前窗，嚴之寬抬頭看他時，他已經倒在車身上，隨後滑向地面。

嚴之寬打開車門，觀察男人的呼吸，他拍打著這位倒在地上的人，男人完全沒有任何反應。

嚴之寬在圓形停車場走一圈，看到二名男女正在抽菸，他聞到大麻的味道，向他們招手，但沒人理會他，他走回自己的車子，那名男人卻突然站起來，然後又倒在地上。

嚴之寬急忙上前扶起他，他的臉頰撞得不輕，血不停地汩汩流出，嚴之寬很快便從車上取出衛生紙為他止血。

二名奇裝異服的男女還在停車場空曠處跳舞，他們不斷發出笑聲，嚴之寬再度招喚他們，他們似乎沉浸在自我的幻覺世界中，完全對外界無動於衷。

他往出口處望去，燈還亮著，但沒有人走動。

嚴之寬用力扶起男人，他托著他往出口走去，希望能找到停車場的人，他看到一具電話，便拿起來，還沒撥，電話那頭立刻有人問：「什麼事？」。

「樓上有人受傷，傷勢頗重。」嚴之寬用簡短的德文說。

「剛才那群嗑藥族是吧？」電話那頭的聲音說，「讓他們都去死好了。」電話「咚」一聲便給掛了。

嚴之寬看著不停流血的男人，他覺得他應該將男人立刻送醫，然而他必須也考慮自己的身分，他的身分絕不能在此行曝光，這是最起碼的任務要求。他的內心掙扎了幾秒，這時，他聽到救護車的聲音響起，心裡才放下一顆石頭。

等救護車將男人送走後，嚴之寬發現他失去那一段有關一個女人的談話，但是他懷疑這段談話與周妙佛有什麼關係？他將耳機及收接機收藏好，把車子開出停車場。

一弓下弦月下，停車場最裡面的一面牆邊，剛才的男女站著在做愛，嚴之寬踏下油門，當他離開停車場時，看戲的人潮全回來了。

漢堡市區

一個穿白襯衫戴大紅色領帶的便衣警員對嚴立寬說：「請跟著我。」他帶著他，走上三樓一間辦公室，「請坐一會，想喝咖啡或茶嗎？」他問。

「如果可以的話，一杯水，謝謝。」嚴之寬看了一眼坐在沙發上的周藏珠，她身旁坐了一位監管她的女警，他過去拍拍她的肩膀，周藏珠看來非常疲倦、沮喪，她的眼眶都黑了，她看著他，似乎在謝謝他。

他很快地環視一趟房間，四周貼著德國警察局為提高警察形象所製作的海報，一位健壯的白人警察叔叔抱著可愛的黑娃娃，另外一位是年輕的女警員照料就醫的輪椅老人。

「嚴先生，您好，」微胖有啤酒肚的中年人走進來，也是便衣，他與他握了握手說，「謝謝您為周小姐的事來，我們先談談。」年輕警察這時遞給他一杯水，他拿著紙筆也坐下來記錄。

微胖的中年警員首先自我介紹，他說他姓米勒，是漢堡市警察局商業犯罪偵查小組第二分隊隊長，他也負責華人幫派偵查。

「你們以什麼理由偵訊她？」他發出疑問。

「喔喔，您搞錯了，是她自己來報案的。」米勒說，他從年輕屬下手上接過一份檔案，很快地翻閱著。

房間的電話響了，米勒拿起電話講了許久，男警的年輕助理問他是不是想再喝一杯水，嚴之寬看了他一眼，這位助理竟然明目張膽地對他頻頻示好。

「不，謝謝。」嚴之寬迴避對方示好的眼光，他看向周藏珠，他看不懂她的表情。

米勒終於放下電話，他說，「周小姐來報案後，我們追查後，發現有人表示，周小姐這次到歐洲來與美國中情局一個任務有關，所以，我們現在正在交換意見。」

嚴之寬請求米勒再說一次，他懷疑自己聽錯了。「是誰，表示什麼？」

「我們收到密函說，周小姐在為美國中情局工作。」米勒一字一字地說，嚴之寬當場笑了起來。

「這太可笑了，」他說，「你們知道這位女士是誰嗎？」然後示意警方看看周藏珠擺在桌上的護照。

米勒不動聲色地打開周藏珠的護照，「她不是周小姐？」他將護照交給嚴之寬，坐在旁邊的周藏珠已氣得抿起嘴唇。

周藏珠一向以為台灣的警察素質很差，沒想到德國警察也好不到哪裡，所以她一直沒說話。嚴之寬則語氣堅定地說，「二件事，第一，這位小姐雖然也姓周，而且長得與周小姐一模一樣，但她不是你們所找的人；第二，你們說周小姐為美國中情局工作，證據呢？」

年輕助理警察等了半天，他終於有機會告訴他，「您只要把周小姐的名字輸入Google，裡面就有報導了。」聲音聽得出來有些緊張，他看到他的上司瞪著他，便連忙低下頭。

「你們用 Google 辦案？」嚴之寬問。

米勒示意年輕屬下不要再說話，他說，「我剛剛說了，是她自己來報案的。」

「你們就憑 Google 上的報導，就把我姊姊當情報販子，你們不覺得好笑嗎？」周藏珠提高聲量，「我不敢相信你們會這麼做，剛好相反，我姊姊失蹤了，我是來要求你們幫忙尋找。」

米勒擺出一副無所謂的表情，但他也未阻止周藏珠說下去。

「我從頭到尾告訴你們我不是 Grace Zhao，你們到現在還搞不清楚，」她一開始講話就停不住了，「我姊姊可能都已經在德國遇害了，你們還在做這種完全不切實際的判斷。」她聲音有點緊張。

二位男警和一位女警一時不知該說什麼，他們都站在那裡看著周藏珠，嚴之寬急忙走過來，他輕拍她的背。她對他點了頭。

三位刑警走出辦公室，他們留下周藏珠和嚴之寬，過了一會，米勒走了回來，「這件事先這樣吧，我們會電話聯絡你。」

漢堡市區

一早，嚴之寬正在旅館房間做伏地挺身。

剛才他已和周藏珠通過電話，她先謝謝他與她站在一線，並說她願意與他一起行動，如果他不介意的話，他說他不介意，他會很高興。

他們約好一起行動。首先應詢查周妙佛留下的電話號碼地址，以及她打過的電話號碼，他說，他還有一些線索也要開始進行，周藏珠全同意了。

他去了浴室洗了澡、刮了鬍。

他注視著鏡子裡的自己，他發現自己是那麼陌生。

他用一些冷水拍打自己的臉，他走到窗前，打開窗戶，看到窗外一群燕子，好久沒看過燕子了，他很驚訝地在德國發現這些鳥，他喜歡燕子，沒什麼特別原因，就在這個時候，他同時發現，一個長得和周妙佛很像的女人站在他對面旅館房間的浴室，跟他一樣，也正打開窗戶。

不，那個像周妙佛的女人和他招手，她不是周妙佛，是周藏珠，他在剎那間有些迷惘，也更多意外，他覺得他喜歡那個向他招手的女人。

回到鏡前，他想，剛才窗外的景象他似乎在哪裡見過？或夢過？大約是夢過，他完全遺忘了夢的內容，是周妙佛嗎？他夢到嗎？或者周藏珠？對了，這對他來說就是一種「似曾相識」，或是法國人說的 déjà vu，關於「似曾相識」，他也有一個理論，有時，一個人經過一個地方，會覺得似曾相識，覺得他曾經來過，雖然，對他的軀體而言，那可能是一個第一次去的地方，但是他不知道他的靈魂已經去過了，他在夢裡去過了，或者他在潛意識裡去過了。

所以，他的靈魂會旅行，會離開他，獨自去旅行。

有時，一個人突然對另一個人產生極大的好感，或者很快便產生愛慕之意。他或她也覺得在哪裡見過那個女人？或男人？覺得那個人特別熟悉，好像在哪裡見過，而許多人通常總是會有最通俗的說法，「我們好像上一輩子見過？」

他第一次也是唯一一次見到周妙佛時，便有這種感覺。

他還在鏡前注視著自己，他現在才發現，他第一次看到周妙佛時便對她有好感。他愛上她的形象，所以當他知道周妙佛出事後，他盡力爭取這個案子，他想接近她，或者救她，至少追尋她的下落，只是，他愈來愈覺得，周妙佛的人生出乎他的想像，更絕的是，周妙佛還有一位和她長得一模一樣的妹妹。

他也想起，在餐廳的那個女人，只看了周妙佛的照片一眼，就認為她正面臨人生最大的改變。那女人說的「同時性」到底是什麼東西？Synchronicity？

漢堡市區

電話中傳來的仍然是電話答錄機裡一串孩子的笑聲。

周藏珠放下她的手機，她和嚴之寬坐在公園河邊的露天咖啡座上，嚴之寬拿出一些旅館帶出來的麵包在餵鴨子，隨即他從公事包中取出筆記電腦，他敲了幾個鍵，「我們先試試這個號碼吧。」

她撥完電話後交給他，「林，」對方說，是一個年輕女孩。嚴之寬用德語說，「我找林先生。」但是女孩說，「林先生不在家。」他放下電話。

「對方真的姓林，我們來查地址。」他說，她不解地看著他。他解釋，德國人在接電話時習慣先報自己的姓名，剛才接電話的人受了德國人的影響，他一向追查林士朋的電話號碼不遺餘力，現在得來卻完全不費工夫。

「林士朋是誰？」她問。他並未隱瞞，「一個台灣海軍退役的人士，年紀約五、六十，」他目前在德國R廠做事，做什麼事沒有人知道，可以確定的是他專為R廠負責台灣海軍的訂單，聽說以前也做過西門子的生意，中介費全給他賺到了，而且，「筷子餐廳不是別人開的，就是他林士朋。」

嚴之寬在電腦裡找到姓林的電話共五十家，他和周藏珠拿出紙筆把地址一一抄錄下來，但是其中沒有林士朋這個名字，至少沒有他的名字的漢語拼音，不過有德文前名的人也不無可能不是他，一個是Peter Lin另一個是Manfred Lin，還有一個是Ingo Lin。

他注意周藏珠面色開始發白，他問她：「怎麼了，身體不舒服嗎？」她很快搖搖頭，只說，「有些頭痛，沒事。」他說他在車上有維他命和阿斯匹靈，他可以馬上去取，沒問題。

因為不想增添麻煩，她說不必了，不必了，謝謝。他注意到她真的不好意思，她的臉頰都泛紅了，他說，「妳在這裡等我一下，我馬上回來。」

他去車上取藥時，她便望著河裡的鴨子和天鵝，她拿起他以紙袋裝好的麵包屑，撒向河面，一大群鴨子一下子便聚集過來，你爭我奪，鴨子只要搶到一小塊麵包便立刻獨自游開。只有天鵝才悠遊自在。

她覺得她的頭痛好多了，她注視著白天鵝，內心裡仍然對姊姊失蹤之事焦慮無比。

漢堡市區

一只隱藏式麥克風被人在貯藏室裡找到了，林士朋把整個餐廳上上下下一個一個請去吧台後詢問，沒有人承認是自己做的，林士朋火大了，「韓尚平，我知道是你，你一直在找我麻煩，去勞工局告我的人應該是你。」

韓尚平立刻走到貯藏室去收拾行李，他說：「我不幹了，總可以了吧，你現在把錢算給我。」他氣沖沖地去找他的夾克。

「你今天不說清楚，我一毛錢也不給。」林士朋也很生氣，他恐嚇地說。但韓尚平並沒有被嚇到，他踅回來，「那我就請律師告你，我怕什麼？」

林士朋大約意識到可能不是他幹的，改變語氣，「要錢，坐下來把話說清楚嘛。」他拉了二把椅子，自己先坐了下來。

韓尚平也坐了下來，「我怎麼可能做這種事？你知道我得養家活口，而且，這玩意兒應該不便宜，」他看了看林士朋，「會不會是上次來查的德國警察留下來的？」

林士朋沉默了，德國警察絕對不可能隱藏錄音機，這是不合法的事，他看著桌面好一會，抬頭告訴韓尚平，「沒事，去忙你的。」

他走到櫃檯打開抽屜，他一邊查看餐館的帳簿，尤其是最近信用卡使用者名單，一邊問他的經理：「德國警察是哪一天來臨檢的？」

夢境

他穿過潮濕而幽暗的通道，一個流浪漢帶著一群貓狗坐在牆邊，他走過去時，男人向他問好，日安。

他回頭給他一張大鈔，男人沒有表情，沒有謝謝，他只說，世界末日快到了，你怎麼還不做好準備？

他快速往前走，希望趕上日落前最後一班地下鐵。

通道上到處是水窪，他必須跳步前行，為了不踩死一隻鴿子，他差些滑倒，他仔細看那隻鴿子，原來已被人踩死了，就張開腿躺在昏暗的地面上，牠的傷口流出了血，傷口的肉一層層剝開，暴露在外，眼睛緊閉，沒有呼吸。

是不是波特萊爾在他的《惡之華》中這麼描述女人的性器官？他覺得此時正

如波特萊爾一樣憂鬱。

他衝到地下鐵門口時，車廂的自動門正要闔上，他被夾在兩道門中間，動彈不得，然後，他用盡力氣擠進車廂內，這時才發現整個車廂都是花，不但如此，他在花叢中居然看到她。

他不可置信地走過去，坐在她身邊。

她不發一語，也許，她再也不能說話了，在那一剎那，他就這麼認為，他高興地不顧一切擁抱她，她笑了，他也笑了，多麼神奇的時候，他等待了多久？他就這麼想著，他覺得他等她等了一輩子。

是一輩子，他願意等她，他願意，等到世界末日。他就這麼擁抱她，她似乎沒有氣息，但他知道她在呼吸，她在呼吸著這個世界，她也一直在等著他，等著他來救她。過去她受過折磨和苦痛。

她的眼角流出眼淚，他拿出手帕替她擦拭，他說：別哭，一切都已過了。

他發現自己說時也在流淚，他從來不曾流過淚，怎麼回事？他覺得天塌下來也沒關係了，他依偎著她的臉頰，原來幸福唾手可得。

他可以陪她走天涯海角，他可以陪她到地久天長。

她單薄的身體幾乎快貼近他，她在輕輕對他訴說什麼，但他什麼都聽不到，他全身像觸電一樣，無可自持，他緊緊抱住她，吻她，一遍又一遍，他現在聞到她身體發出的淡香，是這種淡香吸引著他，是這種淡香，他可以為她在所不惜，他吻她的耳朵，頸部，他愈來愈無法忍受內在一股快爆炸的力量。

車廂突然靠站停了，有人不停拍打著打不開的車門。聲音愈來愈刺耳，嚴之寬被吵醒了。

敲門聲響了很久，他急忙站起來，穿上浴袍，他站在房門前深深吸一大口氣，才打開門。

「可以走了嗎？」原來是已經準備妥當的周藏珠，她站在門口問他。

艾瑟河畔

嚴之寬將車子緩緩開上駁船，一個老收票員背著背包來收錢，嚴之寬打開車窗，交給他十歐元，老收票員嘴上夾著一根菸，他撕了三張票給他，他說：人票兩張，車票一張。然後便走向前面的車輛去收票了。

五分鐘後，駁船開動，速度很慢地往對岸行去。

周藏珠拿出行動電話，她說，「我直接找老闆了，」嚴之寬點點頭，「找鮑爾。」他說，她按下電話。

「請問鮑爾先生在嗎？」她問，但對方盤問她是誰後，回說沒有鮑爾這個人，她問難道鮑爾不是貴公司總經理嗎？對方很不客氣地說，不是，沒有這個人，並且問她到底是誰？她說她來自台灣，要找總經理。沒想到對方更冷漠了，只說，您打錯了，電話便給掛了。

三輛自用車、一輛卡車駛離駁船，嚴之寬將車子開向河岸左邊，「我們直接到工廠好了，」他說，他們可能忌諱和陌生人打電話，最怕的便是記者和調查局上門。

他們才將車子駛達R廠大門，守門人便把阻車板降下，他出來問什麼事，「貴幹？找誰？」

嚴之寬說，找鮑爾總經理，守門的警衛再問，「有約嗎？」嚴之寬看了周藏珠一眼，向她暗示，鮑爾確實是有其人，他說，沒有約，鮑爾總經理要我們隨時來。

警衛回去他的崗站裡去打電話了，過了許久，回來對他們說，「你們根本跟任何人都沒有任何約會，請將車子立刻開走，」他的態度冷漠而不客氣，「如果你們不把車子立刻開走，我現在就叫警察。」

嚴之寬沒把他的話聽進去，「還記得她嗎？曾經看過她嗎？」他指指坐在旁邊的周藏珠，門衛先愣住了，他看了她一眼，才說，「我不知道你在說什麼？」

他再度要走回他的站崗亭前說，「我唯一知道的是，你們再不走，我就叫警察了。」

坐在車上的周藏珠打開車門，她走向門衛，「我們不會走的，媒體已經知悉此事，我們離開對鮑爾先生很不利。」因為她的語氣，門衛的態度有所改變。門衛又回去打電話去了。過了好幾分鐘，他走回來說，「好吧，請往右邊走。」他打開了阻車板，向他們搖搖手，做了一個可以通行的手勢。

嚴之寬以讚賞的眼光看著周藏珠，周藏珠也回看了他一眼。她看起來堅定不疑，一心地往前走，在這一刻中，她只想找到姊姊，她知道她姊姊正在等著她。她知道，因為她們姊妹共同擁有同一個靈魂。

在候客室中，至少有二男二女來對他們兩人做過安全檢查，他們在那裡等了半個鐘頭，有人才來通知他們到二樓。

一個肥胖的中年人走出來，他先請他們進入辦公室坐下，並請祕書泡茶、泡咖啡，他對他們說：「我就是鮑爾，聽說，你們一定要見我。我要先告訴你們，雖然我們公司賣一些零件給台灣，可是，我跟台灣沒有什麼特別的關係，這只是我們眾多生意裡的一件，這是全部我可以告訴你們的，我也都說完了，你們還有什麼問題？」

「我們只想知道，你見過我姊姊嗎？」周藏珠不動聲色問，「她姓周，是一位記者。」

鮑爾，天知道他到底是不是鮑爾，肥胖的中年人遲疑了幾秒才說，「我以人格保證，我從來不知道有這麼一個人物，」他用肯定的聲音強調，還說，「這附近這麼多船廠，為什麼就找上我們？」然後他站起來以冷漠的眼神注視著他們說，「可以了嗎？」彷彿便是一道逐客令。

三分鐘後，他們離開R廠，前往林宅。

布萊梅市區

皮多斯拉街八十九號是一棟普通平常的德國公寓，上午九時四十一分五十秒，先是一名郵差走了出來，五秒鐘後，一個扛著一只黑色皮沙發椅的男人走出大門，他將沙發放在地上，打開車門，八十九號的大門立刻又闔上。男人把沙發搬上車後，開車走了。

嚴之寬跑到大門邊，原來他早已在門檻上置了一塊紙板，紙板正好夾住門和門檻，他立刻將門推開，並示意周藏珠過去。

他們很快便在信箱上查到有人姓林，嚴之寬隨手以細鉗將信箱裡的信件全數抽走，周藏珠則走至公寓後的庭院，她觀察庭院結構和窗戶的位置，並在筆記本上畫了下來。

他們回到車上，拉下車窗。嚴之寬打開姓林的信件，周藏珠則仔細地注意門口的動靜。

嚴之寬一一讀著，三張欠了很久的稅單，一張美國運通銀行的帳單，一本工藝郵購目錄。運通銀行的帳單上，赫然列著六月廿六日北京飯店的消費單，共一萬五千七百五十人民幣，新加坡香格里拉大飯店三千一百新加坡幣，日期是六月二日。

嚴之寬急忙打開他的小型筆記電腦，他將現有的資料輸入，很高興地說，「對了，R廠的人那一陣子也在北京，看來這個姓林的人也是R廠的人。」他接著說，「我大概知道這個人的底細了。」

周藏珠立刻用手擋住自己的臉，她示意嚴之寬有人正走出大門。

一名高大、身材魁梧的東方男人往他們這個方向走來，他的車子是一輛白色寶馬車，正好停在他們後面，他坐進車子，慢慢駛離他的停車位。

戴著墨鏡的周藏珠也小心地跟著那個男人將車往前開去，她和那部車維持了一段距離，這是她第一次在德國駕車，她的心忐忑不已，一顆心幾乎快掉了出來。

嚴之寬在旁為她查看那輛車的去處，「沒想到妳一位姑娘，車子也開這麼好。」他試著恭維她，沒想到她卻回他，「為什麼你會歧視女性，認為女性不會開車？」

「女性也許不是不會開車，但是幽默感肯定不夠，」嚴之寬說完乾笑了一聲，周藏珠則不予理會。

白色寶馬車逐漸靠近人潮，嚴之寬密切地注意對方的動向，「他往遊樂場方向去了。」他說，「注意停車位。」他又說。周藏珠正要前行時，他突然解下安全帶，他說，「在附近停車，在車子裡等我。」便開門出去。

他遠遠隨著高大的男人往前走，男人直直往遊樂場裡面走去，他跟著走到賣烤雞的攤位停下來，他叫了一份烤雞和一大公升啤酒，嚴之寬怕對方認出他，還買了一頂啤酒型大帽子戴在頭上。

他隔著幾尺之遙注意著喝啤酒的男人。

周藏珠在車上等了一段時間，她停了車，決定走進遊樂場。

她的心跳加速，剎那間，她覺得姊姊曾經來過此地，此刻，姊姊正在遠處呼喚著她的名字，此刻，她確定她可以憑著耳朵，循著聲音來源找到姊姊，她有一種感覺，她似乎應該立刻將她的預感告訴嚴之寬。

她也同時發現，自己從眼下這一刻起開始完全信任嚴之寬，這是他們合作的一大步。

一個金紅色頭髮男人靠近那位正吃著炸雞塊的男人，他放下手中的食物袋，與來者寒暄幾句，然後大口喝完啤酒，便與紅髮男人一起離開。

嚴之寬按下他的帽簷，也跟著往前走。那二個人走進靠近廁所的無人走道，嚴之寬遠遠便看見頭髮顏色鮮紅的男人交給那位可能是姓林的傢伙一包物品，也看見他們一起走進廁所。嚴之寬跟了過去，他也進了廁所。

遊樂場融合了不同的音樂雜音，一個身材短小的男人用力捶打著鐵錘，他居然破了紀錄，得了五個滿分，群眾頓時嘩然起來

雲霄飛車隆隆而過，周藏珠站在遊樂園的一間鬼屋前，才幾秒鐘，便再也看不到嚴之寬與剛才那二個男人。

一個年輕像學生的年輕人靠近她，問她，「想一起遊鬼屋嗎？」她立刻說，

「不，謝謝。」她在回答時，突然感到自己不折不扣就像處在鬼屋，她姊姊在德國失蹤了，她日以繼夜地設法找她，這若不是惡夢，就是名副其實的鬼域。

二個男人一前一後走出廁所，嚴之寬也跟了出來，他才跨下木梯一步，一隻強而有力的拳頭便打在額頭上，他應聲而倒，但他是故意的，他並未倒下，隨即，他反擊了打他的金髮男人，男人從口袋裡掏出一把折刀，他以飛鏢似地將刀子擲向嚴之寬，便轉身跑了，高大的東方人走過來，他看著嚴之寬並揮上一拳。

周藏珠往右望去，一個金髮男人朝著她的方向跑來，憑著直覺，她快步往廁所的方向走去，看到他們跟蹤的男人轉身跑了，她靠近嚴之寬後，發現嚴之寬的腹部已流出血，她著急了。

她查看嚴之寬的傷勢，雖然是外科醫生，看到他身上流血還是大感不舒服，她安慰著他，「還好刺在肚子上，傷口不深，應該沒事。」嚴之寬笑了，他對圍集過來的人群說，「沒事，她是醫生，沒事。」他以手遮住腹部，緩緩地和她一起走出遊樂場。

周藏珠想攙扶嚴之寬，但他婉拒，他們經過遊樂場的旋轉木馬時，她突然回過頭看了一眼，正好看到一位坐在木馬上的小女孩。
那個小女孩是姊姊？是自己？她回神過來，和嚴之寬一起走下去。

布萊梅市區

在旅館房間裡，周藏珠正在進行一件史無前例的外科手術。她以在藥房買來的簡單器具為嚴之寬縫合傷口，傷口雖不深面積也不大，但是沒有麻醉的手術，是她第一次。

嚴之寬沒有出聲，由於不打算去醫院掛診，以便將來留下任何紀錄，他寧願咬緊牙關，讓周藏珠將傷口縫起來。

在這個時候，他突然想起他最喜歡的法國詩人波特萊爾一首詩中的一句：我總是在喪禮中笑，而在節慶的時候哭。他曾經在台北的時候遞過名片給周妙佛，他記得她當時問過他一句，你是詩人嗎？

我總是在喪禮的時候笑而在節慶的時候哭，他自言自語地說。「什麼？」周藏珠收起酒精和棉花，「你剛才說什麼？」她看著他，等著他回答。

「沒什麼，我在想，人生有時是很虛無的，譬如現在。」他說，然後試著要站起來，「別動，暫時別動。」她對他說，「這個傷口一點都不虛無，你要什麼，我幫你拿便是了。」

「妳為什麼會對外科醫生這種工作有興趣？」他輕笑了，並躺下來，好奇地問她，「我只想喝一杯水。」他小聲地補上一句。

「你的意思是不是，沒想到女生也可以做外科醫生？」她揶揄地問他，並從桌上倒了一杯水給他。

嚴之寬笑了，「我知道女生也可以做外科醫生，妳並沒有嚇到我。」他想了一下，「我只是想知道，是什麼理由，使妳對開刀有興趣。」

「我從小志願便是當護士，長大一點後，覺得護士的工作缺乏挑戰性，所以改做醫生，我不排斥外科，這是一個立竿見影的工作，你很容易得到成就感，你有一種感覺，外科手術可以很容易救人，幫助人。當然如果你不行的話，你也可以馬上害人，我對臨床手術很有興趣，我想我喜歡幫助別人，這點和我姊姊很像。」她坐下來，很安靜地及很溫柔地說。

他第一次聽到她輕聲對他說話，就對他一個人說話。他突然有種錯覺，覺得自己和她很親密，他立刻將眼光移向自己的傷口。

「我很餓，我們要不要一起吃頓晚餐？」他提議。

她卻搖搖頭說，「今晚你最好都不要再動了，而且只吃流質，傷口癒合才比較快。」她拿起自己的皮包往門外走，「如果你不介意的話，我可以幫你買牛奶。」

嚴之寬故意做出感動的表情，他說，「是的，醫生。」

布萊梅市區

她站在窗前，望向對面嚴之寬的房間的窗戶。

四周靜謐無聲，有人在遠處聽印度音樂，但那聲音很微細，她甚至懷疑只是自己的幻想而已，她拿起浴室的電話，撥下一長串電話號碼。

「喂？」她說，「喂，請問，朱俊璞，在嗎？」她斷斷續續地說，她聽得出來，對方的聲音不是朱俊璞，有點失望。他果然不在。

她放下電話，打定主意，不要被朱俊璞占據太多思想，她本來便不應該改變心意打電話給他，她走到臥室，安靜地坐下來打坐，她閉上眼睛，一群蝙蝠撲撲而去，她專心地默誦姊姊教她的靜坐法。

十分鐘過去了，她在靜坐時，各種想法不斷湧現，她睜開眼睛，感到憂愁，她開始思索姊姊的去向，拿出筆記本，反覆讀著姊姊失蹤前所記的筆記，想從中找出任何蛛絲馬跡，但是事情複雜得超出常人的理解，這個世界遠比她想像的複雜得多。她的疑慮逐漸堆積成一股恐慌，她擔心姊姊永遠就這麼失蹤了。

她想，或者，剛才她應該陪伴那個姓嚴的傢伙，何況他還為姊姊受了傷。

她決定上床睡覺，閉上眼睛，仍是一群蝙蝠撲撲而去，她陷入浩瀚的宇宙。如果她可以重新開始一個新的生活，神啊，她對自己許願，她發誓，這一輩子，這一輩子，她要試著不再為任何一個男人受苦，必要的話，她願意不愛任何男人，但是，在此刻，她願意受任何折磨，只要姊姊平安回來。

她睡不著，起身看了錶，已經十一點半了，也許她應該給嚴之寬打個電話，問他怎麼樣？但是一個鐘頭前，她才從他那裡共餐回來，現在就打電話給他，未免也太快了？

她考慮了很久，終於放下電話。

布萊梅郊區

克麗斯汀正在桌前迅速地打字，電腦裡收信訊號響了，她注意到從台灣海軍的電子郵件進來了。

文件檔案滿大，下載後，克麗斯汀讀了起來，年輕的她一急起來就皺眉的習慣一直沒有改變，整張平滑的臉皺得跟一張被揉過的牛皮紙一樣。

她列印了出來，快步至小鮑爾的辦公室前，她敲敲門，林士朋走過來開門，克麗斯汀喘著氣走進去悄悄地將文件交給鮑爾，然後對林士朋說了聲「對不起」，便開門出去。

小鮑爾抽著雪茄，讀完文件的內容後，轉頭問林士朋：「到底又發生了什麼問題？那邊到底出了什麼狀況？」

林士朋神色清閒，雙手合十的說，「我們那艘剛剛抵達高雄港的獵雷艦船身的聲納系統壞了，還查不出原因，他們希望我們派技術員過去，因為台灣立法院現在又把箭頭朝向海軍，他們也希望我們這邊的姿態盡量擺低，不要引起媒體的注意。」

小鮑爾的雪茄熄火了。他點起打火機，那是一只都彭牌黑底鑲金邊的打火機，放在潔淨的大理石桌上，看起來正閃閃發光。他問，「查不出原因？台灣人都這麼笨嗎？我以為他們比猶太人還聰明？」

「據我看，」林士朋講話斯文有禮，「聲納系統根本沒壞，是在高雄那些海軍沒搞清楚。」

「台灣海軍的人來布萊梅學習操作至少半年以上，而且我艦早就驗收完畢，技術部分也早轉移給他們了。這件事跟我們有什麼關係？」小鮑爾不以為然的說，然後用心品嘗著他的古巴雪茄，「我想可能是訓練半天，他們根本沒學會，不是故障。」林士朋附和地說。

「你不能要我們在海軍內部的楊先生去處理嗎？」小鮑爾徐徐吐出雪茄煙，

他看著林士朋。

「這我們不必處理，他們目前的聲納系統是我廠競敵D廠的產品，我看過議價單，他們的聲納系統比我們還貴，分明代理D廠的人拿了不少好處。」他站了起來，雙手撐在桌上，他似乎已思索了一段時間，「我有個想法，您看怎麼樣？」他嚥了一口口水，「我猜聲納系統沒壞，但我們不如派人去把它真的弄壞，這麼一來，我們就可以再報一次報價單給他們，而且可以說D廠的東西容易壞。重新議價後，還是會我廠有利，他們也會認定我們的產品更好，這不是一舉兩得嗎？」

抽著雪茄的小鮑爾停了下來，他對林士朋的意見沒有反應，也不知道是不是聽進去了。然後他又點燃了雪茄，「這個主意不錯，我會再想想，我們做事得要小心一點。我想先跟友台議員小組成員打個招呼。」

他打開辦公桌的抽屜，從雪茄盒裡掏出另外一只肥大的Cohiba，他笑著遞給林士朋，「您來試試這一支吧，味道可能比較重一點，這支是我的最愛。」

布萊梅市區

周藏珠坐在距離地面約三百公尺高塔上的旋轉餐廳。坐在靠邊位置，望著餐廳下渺小如火柴盒的車輛及如螞蟻般的行人，她努力往下望，想在渺小如蟻的行人中辨識出嚴之寬的位置，他們約好在停車場附近碰面。

她什麼也看不清楚，視線又回到自己手腕上她姊姊的玉鐲。她仔細考慮著嚴之寬的建議。

她實在想不出天王星的黃先生為什麼約在這個地方，及為什麼在電話上鬼鬼祟祟地不肯透露約她的原因，種種因素，使她對這次約會生起一股疑心。

「在電話不方便說的，好嗎？如果妳還想找妳姊姊，也許我們可以談談，」他在電話上的廣東口音特別重，他頓了頓說，「我知道妳姊姊失蹤了，妳只是她妹妹，其他的我們見面談吧。」他這麼說。

「我和一個朋友一起過去，可以嗎？」她問，她想起嚴之寬。

「就妳一個人來好不好，拜託拜託，否則，我們也不必見面了。」他一口便否決了她的提議。

她叫的一杯甘菊花茶已經喝完了，約會時間也過了半個鐘頭，約她的人還沒來，她開始有些納悶，難道這只是陷阱？難道這位黃先生與她姊姊失蹤有關？他不是在電腦公司上班嗎？到底是什麼人？她想不下去，頭又痛了。

一位戴鴨舌帽的東方男人走了進來，他看到周藏珠後，便直直走過來。

「周小姐，妳好，」他說，「對不起，來晚了。」他獻上一束玫瑰花給她，原來是他，周藏珠有些驚訝地站起來和他握手。她不安地看著玫瑰花，並把花放在桌子的遠處。

他點了一杯熱巧克力，這麼熱還喝熱巧克力？她心裡覺得奇怪，而且他還送花給她，但她沒說出口，無言坐在他面前，想看他怎麼喝熱巧克力，但他一打開話匣便停不下來。

「妳真是厲害，那天也不說，我還真被妳騙了。」他摘下帽子，把帽子放在桌沿，原來他是禿頭，「後來，我找到妳姊姊的檔案，我不小心保留了一份，很剛好，裡面有一些私人資料，我才知道原來妳們是雙胞胎。」

周藏珠一時不知如何反應，「我姊姊什麼時候找你的？」她問他。

「算一算剛好五天了。」他說，「妳知道她為什麼找上我嗎？」

「不知道，我正想問你。」她好奇而緊張地接著問。

「這就是我約妳來的原因，妳有沒有筆記型電腦？」周藏珠搖搖頭，他立刻接著說，「那麼這樣好了，我家就在下面附近，我想帶妳去看電腦裡的資料，妳看便知道了。」他叫了服務生，吩咐要買單。

但周藏珠卻一時猶豫起來，她應該去嗎？應該如何告知嚴之寬？

「我和朋友等一下約好還要去別的地方，我可以找他一起去你家嗎？」她突然想到或者可以這麼問。

「拜託拜託，不要找任何人，我會有麻煩，或者，妳如果不放心，妳也可以下一次再去，沒關係。」他臉色立刻又嚴肅起來。

「這樣好了，我們走吧。」她拎起皮包，對他說。

也許嚴之寬在停車場附近會發現她與他離開了，她踏上大門走道時，往停車場望去，但看不到嚴之寬的車子，她心急如焚，無語地跟著電腦公司的男人，她握緊玉鐲，心想或許她太大意了。

當他們走出高塔大門口時，嚴之寬早已注意到了，他將車子慢慢地駛出停車位，遠遠跟著他們，這是他的職業，也是他一向最擅長的把戲。

在黃家，姓黃的電腦專家在打開電腦檔案前鄭重地對周藏珠說，「我是一個有良心的台灣人，否則我不會自找麻煩要妳來，我知道妳姊姊失蹤與她的報導很有關係，台灣要買武器，這幕後有許多黑手，官方與民間，甚至到中國與國際之間都上下其手，倒楣的是台灣納稅人。」

「這個報導還未公開過？」周藏珠問，她對姊姊的新聞報導不是很熟悉，但她知道姊姊的軍事新聞都是獨家。

「還未公開，」黃先生又鄭重地說，「妳在看完後，我們就把檔案刪除，我希望跟這整件事沒有任何牽連，」他面帶難色，「但是，我也希望妳姊姊早日平安回來，我實在不知道怎麼辦，想了好幾天，只有這麼辦了，好嗎？」

周藏珠二話不說，急忙點頭。

布萊梅市區

由台北專程趕來的吳新民點了一道黃連木果燉肉和一瓶義大利其安堤紅酒，嚴之寬點了一道小米食配羊肉和魚肉。

溫和有禮的土耳其侍者走後，音樂聲大作，一個穿著肚皮舞服裝的女舞者走了出來，她站在餐廳中央的一個黑色平台上，先是微笑向餐廳裡眾多的客人頷首致意，然後便拿起一根木棒跳起肚皮舞。

「這是為什麼我找你來這裡的原因，這裡有全德國最精采的肚皮舞。」吳新民斜了斜眼睛要他注意跳舞的女人，他替嚴之寬斟起侍者送來的紅酒，「做男人若不懂得欣賞女人跳舞則不是真正的男人。」

嚴之寬原來對肚皮舞並無多大好感，但是，眼前這位女人卻不同，她散發出一股難以形容的爆發力，似乎整個餐廳的眼光全都集中在她身上，她散發出如電力般的感染力，嚴之寬的興趣逐漸被挑起，他全神貫注地看著她。

那女人全身的肌肉搖晃不定，他覺得心跳也跟著加快起來，但是他完全沒有性慾，至少在此刻，他感到的只是一種肉體性的磁力，而不是肉慾的吸引，女人的臉孔對他而言，沒有任何意義，沒有任何紀念的性質，而她的身體卻散發出令人無法抗拒的能量，那能量控制著他的呼吸。

「沒想到你這麼有興趣。」吳新民摘下鼻梁上的眼鏡，他就著餐巾便擦起眼鏡，然後將眼鏡放回鼻上，嚴之寬根本沒注意他在講什麼。

菜端上來時，女舞者正激烈地舞弄她手上的木棒，好幾次嚴之寬都以為木棒會掉下來打到他，但是每次木棒飛到他面前幾公分時就被她拾了回去，他全神貫注地看著她跳舞，一點食慾也沒有，他轉頭看向吳新民，他正在大口吃著他的食物，吳新民端起酒杯，「來，為我倆喝一杯。」他說。

嚴之寬也拿起酒杯說，「為周妙佛，嗯，為台灣喝一杯吧。」他吞下一大口紅酒，把眼睛又移向女舞者，他覺得她有一股不可思議的力量，強烈地召喚著他的視覺，他此時口舌乾燥，呼吸困難。其實他只是想逃避吳新民，暫時轉移了自己的注意力。

「我專程找你，有好消息要轉告。」吳新民將頭靠近他說。音樂聲湮沒他的話語，嚴之寬沒聽清楚，他問，「你說什麼？」

「我說有好消息要告訴你，」吳新民重複說一次，他看起來倒像做賊心虛的樣子，「上面要我轉告，周妙佛的案子不碰了，回去吧。」

嚴之寬一時尚未會意過來，「你在開玩笑？」他感到怪異的是，這件案子只有二人知道，怎麼會輪到他吳新民？怎麼回事？他一下子便清醒了。

「這件案子很棘手，盧老說不要碰了，他說你可以留在歐洲幾天，放幾天假，但是周妙佛的事就不要管了。」他一邊吃著他的菜一邊下著結論。

嚴之寬表情僵硬，他不解地看著吳新民，肚皮舞孃的木棒又差點擊向吳新民額頭，但她立即收回木棒，嚴之寬真希望那一棒就打在吳新民頭上，可惜舞孃無事地收回木棒，她站在黑台上面對嚴之寬不斷地扭動她的肚皮，觀眾開始鼓起熱烈的掌聲，吳新民也響應大家大聲地拍起手來。

嚴之寬一張不能再疑惑的臉。

布萊梅市區

目送吳新民駕車離去後，嚴之寬環顧街頭找尋一家網路咖啡，他終於在火車站附近找到，店裡好幾個打電玩的小孩和戴頭巾的女人，他們正聒噪大聲地說著網路電話，他買了一杯熱咖啡，等待四周聲音小一點。在瀏覽網路時，他正好看著一首叫〈荒原〉的長詩，他隨興閱讀了起來。

我的心神緊張惡劣，是的，惡劣，陪伴我
跟我說話，你為什麼從來不說話，說
你在想什麼？想什麼？什麼？
我從來不知道你在想什麼，想

我想我們在鼠輩充斥的巷道
在那裡死者遺失了他們的白骨

「我想我們在鼠輩充斥的巷道，在那裡死者遺失了他們的白骨，」他無聲地唸著。

這時，又有一個男人說起網路電話，不知是俄文還是烏克蘭文，他彷彿正在向家人報平安，他講話的速度和聲音又快又大，使正在讀詩的他停了下來，他望著講話中的男人，他興高采烈地對著電腦畫面中的男孩訴說著，坐在旁邊的女人也是滿臉笑意。

已近晚間九時的天空幾抹微紅的彩霞，嚴之寬耐心地等著，此刻，他無法思考，他不知道自己究竟感到危險或感到安全？他坐在那裡，一家極為普通的網路咖啡店，看著一對東歐夫婦正在興奮地說著長途電話。

逐漸地，心頭一股悲愁逐漸升起。

東歐夫婦講完了電話，他們向他道歉說話太大聲，嚴之寬連忙說「沒關係」，他真心如此，沒關係，他看著他們離開去付帳，他才打開頁面，撥出電話。

「喂，」電話那頭問他。「喂，李佳俐嗎？」他問，「妳是李佳俐嗎？」

「是，是，怎麼了？」

「我是之寬，妳好嗎？最近如何？」

「沒有不好。」

「我長話短問，盧老最近怎麼樣？」

「他開刀住院了，我們昨天還去醫院看他。」

「住院？怎麼啦？」

「沒事吧，我也不清楚。你好嗎？」

「這個簡單的問題要回答很困難。我想問妳，吳新民為什麼來德國代替盧老傳話給我？」

「什麼，他真的人在德國？」

「妳覺得吳新民的話可聽嗎？他會不會假傳聖旨？」

「不會，之寬，你得小心吳，他不會假傳聖旨，盧老最護的人就是他，你在盧老那裡完全沒有影響力，他絕不會買你的帳。」

「他們要我回去。」

「那你就不要再碰這個案子了，明哲保身。」

「可是，我總不能見死不救吧？她人都失蹤了。」

「之寬，你要搞清楚你自己的身分，你自己都是泥菩薩了，還想過江？記住，你只是他們的一枚棋子，這是我全部可以告訴你的。」

「謝謝妳，但我覺得我應該留下來，把事情搞清楚。」

「我知道你的個性，你會留下去，這個案子好像真的與美國中情局有關，你要小心。」

「謝謝。」

「不謝，多保重。」

電話談話到此中斷，嚴之寬在一秒中便決定，他暫時不回台北了，他一定得設法找到周妙佛。

他走出網路咖啡館時，發現剛才跳肚皮舞的土耳其女郎剛好要走進來，她看起來不但比舞台上還嬌小，而且有些憔悴，嚴之寬驚訝地看著她，穿著普通的T恤，她沒有注意到他，但他卻看到她臉頰上一行清淚。

嚴之寬原本想和她打招呼，但他很快便轉念，逕行離開了網咖。

布萊梅市區

嚴之寬失眠了，整個夜裡，他試著為自己的處境做解析，到目前為此毫無進展的案子，也許現在收手對他不啻是好事，但是，他一心懸念的是周妙佛的生命安全，在還未來德國之前，他並不確定她真的失蹤，現在，事實擺在眼前。

他的道德感告訴他應該留下來尋找周妙佛，他無法就此離開，他也無法不幫助孤獨一人的周藏珠。

他感到很無助，一種無可言喻的感覺，他感到自己的不正常，也許，他已經瘋了，為什麼他一定得把自己的命運與一個並未有切身關係的女人連在一起，現在是二個女人了，他精神不正常嗎？他站起來，點了一根菸。

他想，也許真正促使他留下來的理由不一定是她，或她們，而是他的潔癖，他不但對他自己的工作有潔癖，他對自己的靈魂更有潔癖，他無法忍受不正不公不義，他不願意與大多數的世俗意見妥協，他每天都得問自己一次，如何繼續他的工作？如果他已經不公或不正，如何妥協？他知道官場的那一套，他知道升官的那一套，但是他如何放棄自己心中的想法，與大家一樣？

就是這麼一個簡單的想法，他如何可以安心地離開德國？

走道上發出細微的腳步聲，夾雜講話的聲音，他下意識躲在門後，並隨即掏出他帶在身上的槍枝，但是腳步聲音慢慢消失，他快速地衝到浴室，他打開窗戶，眺望位於正對面的浴室，他發現周藏珠房間的燈並未關，他看了一眼手錶，凌晨二點四十五分，應該是睡覺的時間了吧，他問自己。

對面並沒有什麼動靜，他走回臥室。

他撥電話給她，電話才響一聲，周藏珠便接了，「什麼事？」她問。

「這麼晚了，怎不睡？」他問她。「你把我吵醒，還問我怎麼不睡？」聽得出來，她真的被吵醒了。「對不起，妳房間的燈沒關，我以為妳還沒睡。」他說。

「我怕黑……已經睡了。」她的聲音微弱。

「對不起，晚安。」他立刻道歉。

他掛下電話。他想像周藏珠為什麼睡覺時不關燈，他歸納出一個結論，她很可能沒有安全感，所以睡覺不關燈，他第一個女朋友就是如此，她一個人睡時從不關燈，但他在時，她可以把所有燈全關了。

也許周藏珠也是一個沒有安全感的女孩？他對她生起同情，而他突然警惕，他更需擔心的人是她姊姊周妙佛。她是他的工作任務。

布萊梅市區

躺回床上的周藏珠輾轉難眠，她又試著靜坐，一開始靜坐，睡意卻全回來了，她幾乎快睡著時，有人以電腦卡打開她的門。

一個穿磚紅色西裝的東方男人以槍抵著她的喉嚨，他以口音很重的中文說，別動，一動就要妳命。

他很快把窗簾拉上，並恐嚇她：東西呢，不交出來，就要妳的命。他做勢以槍抵她，周藏珠臉色蒼白神情驚嚇地搖頭，我不知道什麼東西。她很意外，不管她搬到哪一個旅館，這個人或這些人都能找到她。

自從電腦專家將姊姊最後寫的新聞找出來後，她無時無刻都在尋找一個錄音檔案，她說的倒是千真萬確的實話，她沒想到的是有人也跟她一樣千方百計地尋找這個錄音檔案。

「你打死我也沒有，我只要我姊姊平安回來，我什麼都可以給你，拜託，我姊姊到底在哪裡？」她語調淒涼地說著。

磚紅色西裝的男子打開周藏珠的皮包，他把皮包裡的雜物全倒出來。他快速搜索後，從西裝裡掏出一條繩子，動作敏捷地將周藏珠綁在沙發椅上，並且在她嘴巴裡塞進一條手帕，然後把房間裡所有的物品從頭檢查一遍，他沒找到他要的東西，極不悅地以槍敲打周藏珠的頭。

「說，隨身碟到底藏在哪裡？」他沒好氣地問。

周藏珠痛得只能劇烈地搖頭，男人走開去檢查她姊姊和她的皮箱，她注意到這個機會，便以腳趾碰觸床頭几上的電燈開關，她使勁地按了好幾次。

「妳再不說，我就讓妳死。」他沒看到周藏珠的動作，他走向她，以帶著黑幫男性挑逗性的語氣恐嚇她，她這次看到他的眼睛裡布滿血絲，她第一次這麼迫切地感到生命危險，但她奇怪自己卻了無懼意。

「我和我姊姊所有的東西都在這裡，你要的話全可以拿走。」她故意慫恿他。

「妳不要耍花樣，我一槍可以斃死妳。」他一面說，一面繼續在櫃子中到處搜尋，「妳少跟我囉嗦，那包錢呢？」

「什麼錢？」周藏珠無辜地問著。

男人狠狠一巴掌便打在她蒼白的臉頰上。

嚴之寬走下床，他因口渴而打算倒一些水喝，但瓶子滴水不剩，而冰箱的礦泉水也都喝完了，他走到浴室，設法汲取水龍頭的水喝，他很快便喝了一杯。

離開浴室前，他潛意識又好奇地打開他的窗戶，他看著對面周藏珠的房間，燈還是亮著，他關上窗戶。

就在這個時候，他發現她的浴室燈忽明忽暗，他急忙再打開窗戶，這時，他清楚看到一個穿暗色西裝的男人走進她的浴室。

他立刻穿上他的牛仔褲和襯衫，他迅速地衝到905房，他試著打開房門，但卻無法打開。

房間裡磚紅色西裝男人將周藏珠的手機關機後放入他的西裝口袋，便走進浴室，然後，從浴室的窗戶爬了出去。

嚴之寬硬將門給踢開了，房間裡坐著看起來平靜如常但被綁在椅上的周藏珠。

布萊梅市區

「對不起，房間亂七八糟，因為我一直不要旅館的人收拾。」嚴之寬讓周藏珠先到他的房間坐著，一面帶著赧意地說。

周藏珠驚惶未定地說，「真的不必那麼客氣。」剛才，她為了嚴之寬能趕過來營救，已經千謝萬謝過了。

「我倆現在真的是天涯淪落人了，不，我們三個，還有妳姊姊。」他清出房間的兩把沙發椅，以便讓她坐下。「要喝一點威士忌壓壓驚？還是要喝咖啡？」他問。

「咖啡。」她深呼吸並做鎮定狀。

「如果妳想休息的話，我的床可以讓妳躺，我可以睡沙發，不必擔心，我是正人君子。」嚴之寬嚴肅起來。

「不了，我也睡不著了，你可以睡，不要理我，我等到天亮，明天換個房間就是。」她語無倫次地一直對他道歉。

他笑了，他覺得這女孩可笑極了，也可愛極了。

「那我們好好聊聊，今晚我也不睡了。」他建議，並且拿起電話叫客房餐飲部送二杯咖啡及二份總匯三明治。

周藏珠看著他坦然的眼神，就在這一刻鐘，她意識到自己最初對他的戒心並沒有必要，她對他的印象改變了許多，她決定將所有她所知道的事情告知他。

「你知道錄音檔的事情嗎？」她問他。

「什麼？」他笑著說，他眨眨眼睛，做了一個手勢，這是他們之間的暗語，一邊把床頭櫃下的音樂聲轉大，拿出紙筆，要她做筆談。

「我想我姊姊一定還活著，」她壓低聲音，「我們平常遇到重大事情時會有心電感應，而雖然感到悲傷，但是卻沒有特別錐心刺骨的感覺，而且，」她也向他做了手語，他立刻會意地點點頭。「這件事只證明，他們認為我們手上有足以要人命的證據。」

嚴之寬還不清楚錄音檔的事，她便從頭到尾將電腦專家打電話給她，及備份磁碟上的內容全部告知他，她也向他表示，雖然她知道她姊姊可能擁有錄音證明，但是她怎麼找都找不到。

「那個打電話給妳的人，」而他以筆在紙上急促地寫著：「是台灣在這裡臥底的包打聽，我懷疑妳姊姊會與他保持聯絡，莫非他自己製造資料，要我們走進他的陷阱？」

「什麼陷阱？」她急忙問他。身體不知不覺靠近了他。

「我還不知道是什麼陷阱，不過，這只是我的揣測，也許他是真的要幫忙妳搞清狀況。」他也小聲地靠近她。

周藏珠突然發現他們之間靠得如此之近，臉不禁漲紅了，她縮回自己的身體，坐往沙發內部，她故意問：「咖啡怎麼還沒來？」

「剛才那個人說有一包錢，什麼錢？」他繼續問。

「我不知道什麼錢，我姊姊也不可能跟錢有什麼牽涉。」

「嗯，」嚴之寬說，「也許找到錄音檔我們便知道怎麼回事。」

他看著她，覺得此時的她幾乎與她姊姊一樣漂亮，一樣的氣質，只是更為柔弱，雖然他很清楚，眼前這個女孩總是在他面前一副大女人的樣子，他想，她有可能只是裝出來的。他突然好奇地問她，「妳平常睡覺都開燈嗎？」

而她心像被觸動一般，有一種溫暖的感覺，那感覺令她想靠近他，但她卻若無其事地說，「最近，我睡覺都開燈。」

他繼續問她：「是害怕什麼嗎？」他看著她，但是她的眼睛卻迴避了他，她只回答，「我知道我害怕，但不知道我怕什麼，你自己從來不害怕嗎？」

他正要回答她時，門鈴響了，點叫的咖啡和三明治送進來了。

布萊梅市區

他們決定再次換旅館，又瘦又黑的計程車司機將他們的行李放進行李箱後，他們便雙雙坐進計程車的後座。

嚴之寬拿出手機指著一個旅館住址說，「櫻桃街四十五號」，瘦瘦的計程車司機回過頭來，將他的手機拿了過去，他一面掏出一支老花眼鏡，一面看，「有這條街嗎？」

計程車司機嘴裡兀自咕噥著，他將手機退還給嚴之寬後，便踩下油門。

他問他們：「是第一次來德國嗎？」周藏珠不懂德文，沒有搭腔，嚴之寬則回答，「不，不是第一次來，我幾年前在德國讀過書，」司機又回過頭看他，「難怪您德文講得這麼好。」

他問嚴之寬都去哪裡玩？嚴之寬答不上來，便回問他，這附近有什麼好玩的地方嗎？瘦司機很快地說，有啊，我現在便可以帶您們去，如果您們有興趣，待會我再送您們回旅館。

嚴之寬連忙說，「不必了，謝謝。我們只要去旅館。」周藏珠累得已閉上眼睛假寐，男人卻回過頭來問，「要不要換 Key Hotel？我可以帶您們去，價格不貴。」他透過老花眼鏡等他的回答，但是嚴之寬毫無表情地搖搖頭。

他前一陣子才在雜誌上看過 Key Hotel 的介紹，那是一種交換性伴侶的旅館，去那裡的夫婦或情侶可憑鑰匙交換性對象，有一陣子似乎在德國某些領域裡很流行。嚴之寬看了一眼周藏珠，她正望著車窗外看著街景。

其實，從計程車司機講話的語氣和表情，周藏珠也可以猜出對方的意思，她慶幸自己聽不懂德文，她看著逝去的霓虹燈和街道景色，心裡默默為姊姊祈禱。

車子經過清晨四點鬧區的酒吧街，一股夾雜著人味及酒臭味漸漸襲來，一個喝醉的年輕人站在街燈下小解，一隻顏色怪異的貓走了過去，司機在一家叫「加勒比海」的酒吧前停下來，一個穿西裝的侏儒急忙小步跑來為他們打開車門。

「這裡不是櫻桃街，你為什麼停在這裡？」嚴之寬有點不高興了，司機先是慫恿他去色情場所，現在又載錯了地方。

瘦司機再度咕噥起來，他指著馬錶說，「廿一歐元。」他壓根沒理會嚴之寬的抱怨。他和侏儒揮揮手，和他說了幾句玩笑話。

嚴之寬突然抓起司機的衣領，他大聲地對他說：「櫻桃街，去或不去？」司機被意想不到的舉動嚇了一大跳，他嚇得清清喉嚨：「我不是告訴過你，這條街不存在，沒有這條街嗎？」

「你往前開，我會告訴你這條街在哪裡。」嚴之寬催促著司機。司機無可奈何和侏儒道聲再見，將車子往前駛去。

當他們好不容易抵達旅館時，二名德國警員正站在門口等著他們。

布萊梅市區

一男一女的德國警員走過來。

嚴之寬才付了計程車費，男警員便問他，您身上有護照嗎？嚴之寬看著旅館行李員將行李放上行李推車後，掏出身上的護照給警員，他示意要周藏珠先進旅館，但是那名女警卻擋住她。

「您既然報了警，我們擔心您姊姊的安危，您要換旅館要通知我們一聲，否則，萬一您姊姊有消息，我們恐怕找不到您。」女警說話的態度還算客氣，周藏珠立刻點頭稱是，並謝謝她。

「您的手機打不通，」女警繼續說，「我們希望能和您合作，早日找到您姊姊。」

「謝謝，謝謝您們的關心。」周藏珠不停地稱謝，她不知道除此之外還能做什麼？

她回頭看著嚴之寬，男警員不停地問他各式問題，他也一一回答。

「您曾經去過沙烏地阿拉伯及科威特，是什麼緣故？」男警拿著護照詢問他。

「您已經問了太多類似的問題，您不是海關官員，沒有權利這樣拷問我，我有正當的簽證，德國是一個民主自由國家，應該允許我在簽證效期內有到處走動的自由。」嚴之寬的眼神炯炯有神。

男警將護照還給他，他說，「嚴先生，我們已經接獲情報，我們知道您在德國進行不當的調查活動，所以我們不一定給您自由行動的自由，我必須鄭重再告訴您，根據國際法的規定，台灣和德國並沒有司法互助的協定，如果您在德國境內從事任何司法調查活動，您一定會被驅逐出境。」

「我知道事情的嚴重性，我也必須告訴您，如果您沒有找到任何不利於我的證據，您也沒有權利限制我，我很清楚我自己在做什麼，謝謝您，再見。」嚴之寬拉著周藏珠往旅館大門裡走去。

二名警員站在那裡猶疑了幾秒，便離開了。

布萊梅市區

經過幾個小時的徹夜談話後，周藏珠和嚴之寬都確定一件事，天王星的黃先生是一個在周妙佛失蹤前接觸過的人，而且他主動提供了電腦內的文件，他或許知道一些內情，他們決定先從他下手，打聽進一步的消息。

周藏珠打電話和黃先生聯絡時，對方約她中午在他家見面，她又問了一次，「可否帶朋友一起來？」這回他的反應不像上次那麼激烈，他只淡淡地說，「如果妳信得過，就帶來吧。」

當他們二人準時到達黃先生家時，他卻不在家。

他們敲敲門，發現門並沒關，裡面也沒有人，只有一隻關在籠子裡偌大的彩色鸚鵡，不停叫著：中華民國萬歲！中華民國萬歲！黃先生住的公寓雖然很大，但是顯然一個人住，地面上到處堆著中文報紙，房間充滿單身漢的氣息，嚴之寬終於在門口看到一張貼著的字條：周小姐，我有急事去港口，一個鐘頭後回來。

他們決定離開黃家去港口碰碰運氣，也許可以在那裡碰到他。

離開時，那隻鸚鵡還在喊中華民國萬歲，他們掩上門，駕車去港口，在港口附近繞來繞去，正想放棄時，突然一個碼頭工人問他：「你們在找一個落水的東方人嗎？」他們一時還會意不來，碼頭工人指指後方，「那邊。」

他們將車停放一邊，便跑過去一探究竟。一群人圍駐在港口的碼頭上，七口八舌，他們將頭探進去瞧看。

天王星的黃先生穿著西裝打著領帶浮在港口附近的水面，嘴邊尚流出血絲，碼頭警衛正在設法將他的屍體撈起。

布萊梅市區

吳新民坐在餐廳中央的位置上向他揮手，他穿過走道走過去說：「對不起，找不到停車位。」吳新民則站起來和他握手，「那有什麼關係，我不怕等。」然後替他拉開椅子讓他坐。

「喏，我專門介紹這家給你，因為這裡你可以吃到全德國最好吃的豬腳。」他遞給嚴之寬菜單，「不管怎麼樣，飯總是要吃的，這一頓我請。」

他為自己和嚴之寬各叫了一大樽啤酒，嚴之寬阻止他，「不了，今天不喝酒，謝謝。」吳新民驚訝地看著他，「怎麼？有什麼宿疾？」

「沒有，今天不想喝酒而已。」他輕笑一下，表示自己的正常。

「男人不喝酒不像話，何況在德國，怎麼連個啤酒也不喝，太不近人情嘛。」

吳新民還在說服他。

餐廳女侍走過來問他們要點什麼菜，吳新民叫了一份紅菜配烤鴨，嚴之寬則叫了一份炒香菇，「你想當和尚啊，吃起素來了。」吳新民力勸他合叫一份豬腳，他敬謝不敏，「一向對豬腳便沒興趣，要吃也是吃南德的烤豬腳，而不是北德的煮豬腳。」

吳新民的興致沒被他打斷，他不停地聊著，而嚴之寬無精打采，吳新民提起了天王星電腦的黃先生，他說他意外死亡是因為他不但為台灣海軍也為中國搞情資，本來那人下星期訂好機票要回台灣，沒想到還沒走便給人做掉了。

「誰做掉的？」嚴之寬隨即問他，但吳新民說，「不清楚，美國方面有可能，台灣海軍也有可能，或者中國方面？又或者也有可能自殺，聽說天王星最近業務極差，而且他的台灣太太帶著孩子回台灣後和別人跑了。」

「他為什麼要一個人留在德國，讓妻小回去？」嚴之寬說。

「誰不想移民？只要我可以，我也要移民，最好就是去紐西蘭。」吳新民感觸地說，「我只是還沒有本事移民，要有，我早就這麼做了，」他酒才下肚，脖子都紅起來了。

「我做這個工作還不是只為了賺錢而已。」吳新民一口飲盡啤酒，「你呢？有沒有移民的打算？」

「沒有，我當初在德國唸書時，本來有機會留下來，但我是那種很戀家的人，這裡怎麼樣都不像我的家，我如果住下來，會有遺憾。事實上，說得更清楚一點，我根本是沒有家的人，我從來都沒有真正有個家的感覺，哪裡都不是我的家，也因此，哪裡都可以是我的家。」嚴之寬語氣既像吐實，也像自我嘲諷，「這麼說好了，我總覺得我這個人的生活習性，頗適合在台灣居住成長。我喜歡有點汙染的空氣，因為那是人性，我喜歡交通紊亂，我覺得歐洲就是太整齊乾淨了，有點無聊。」他說得頗真誠，但吳新民的表情，早已說明他聽不懂嚴之寬的論調，但嚴之寬無所謂。

「喜歡汙染的空氣？我第一次聽到這種說法，真有你的，我想，可能是因為你們年輕，才會這麼樂觀，你知道，我們這種工作做久了，早就很清楚一切把戲了……你不會不瞭解我在說什麼的。」果然，吳新民一副不以為然的樣子。

「我可能有時比你更對台灣一些亂象不滿，不過，我基本上認為這些亂象裡存有某種活力，而我自己喜歡這種活力。」嚴之寬繼續說著，就在這一刻，他才知道自己的想法與他是多麼不同，或者，與大部分的人是多麼不同，他早已習慣了。

「看來我們真的不是同一掛的，」吳新民做下結論，「言歸正傳吧，趕快執行，上面要你不要再逗留了，立刻換機票回去。」

「為什麼突然變這麼急？不是才說我可以多留幾天嗎？」嚴之寬非常疑惑。

「盧老住院了，是他的決定，美國政府施壓，要我們別再管這件事，拜託，你不走，我會被你牽連，」吳新民說，「盧老要我告訴你，周妙佛自己參與了軍火的生意，沒有必要保護她，不要再追查她的下落了，立刻打道回府吧。」

嚴之寬一言不語地看著擺在他面前的一大盤豬腳，是吳新民點的，他一點食慾也沒有。

布萊梅市區

「姊姊？」周藏珠問。

一早，周藏珠在房裡接到一通怪電話，原先她以為是她姊姊周妙佛打來的電話，但那是一段電話錄音，雖是姊姊的聲音，但是剪接得很奇怪，有點語無倫次，當周藏珠聽到姊姊的聲音在電話那頭上不停重複地說「拿錄音檔案來救我」，她又當場難過及激動起來。

然後電話聲音便無疾而終。

她在房裡繞室而行，想打電話給嚴之寬，告知他此事，但是他們約八點鐘見面，一起行動，而距八點鐘也不過十分鐘了。至少她現在可以再一次確定她姊姊還活著，只是，什麼錄音檔案呢，姊姊到底在說什麼。

她與準時的嚴之寬會了面，他們再度開車到林家，她在車上告訴他那通電話的內容，「妙佛是用蘋果電腦吧。」嚴之寬問起。

「嗯，你知道電腦已經不見了。」周藏珠還在思索中。

「我知道，」嚴之寬繼續問她，「妳讀過卡夫卡的《城堡》嗎？」

「沒有。」她不解地看了他一眼。

「一個小公務員叫K，他為了出差半夜到一家旅館，接著發生一連串光怪陸離的事情。」他一面注視後視鏡觀察後方來車，一面告訴她。

「卡夫卡跟我們有什麼關係？」她一面快速翻開筆記本，一面問他。

「我覺得今天我就是那名K。」他淡淡地回答。

「你好像心事重重，到底發生了什麼事？其實，我很願意當你的忠實聽眾，如果你願意說的話。」她放下筆記本，很誠懇地表示。

「不知道妳能不能瞭解一個公務員的悲哀？不知道有沒有必要告訴妳這些垃圾？」他自嘲地笑著。

「公務員的悲哀可是大問題，怎麼說是垃圾？」她從皮包裡拿出菸盒，點燃一根菸。

「我很喜歡的一個作家John Le Carré說過一句很棒的話，他說，要看一個國家有什麼面貌和本質，只要看那個國家的情報人員的樣子，你就一清二楚。」他很快地超越一輛車子，「雖然，我也不算是情報人員。」

「其實只要看那個國家的醫生也是成立。也許我不該這麼說風涼話，不過，這是同樣的邏輯。」她試著以她的方式安慰他。

「人生的本質就是無常，」他還是一副笑臉，彷彿沒事似的，「生活的本質就是空虛，我有時真的不知道每個人到底都在追求什麼？而我又在追求什麼？」

沒等她回答，他立刻換個話題，「如果我必須在放棄尋找妳姊姊或者放棄工作之間做一選擇，妳會怎麼看？」

「我不知道。」周藏珠將菸熄掉，坐直了身體，「我沒法幫你做主，」她想了一下，又說，「你們上面的人要你回去了？」

他點點頭，「不過，我已經想過了，我不會回去，至少在沒找到妳姊姊之前，我不會回去。」他以堅定的語氣說。

她心裡很激動，但表情逐漸輕鬆些，「我知道你可能有你的難處，如果你一定得回去，那是你的職責，只能說，令人失望的是那個單位或那個政府。」

他心早有所悟，笑著說，「我一定會讓很多人失望，不過，我想，至少我不會讓妳失望。」之後，他便沒有再說什麼了。

周藏珠認真地看著他的側臉，她再度肯定，在這個荒謬無助的時刻，她唯一可以信任的人是他。

嚴之寬沒再說話，一列火車在他們面前駛過，柵欄升起，嚴之寬重新發動引擎，他往前駛去，往右轉，往一條街道。

街道上已經冷成晚秋了。

布萊梅市區

他們再度到達皮多斯拉街八十九號公寓門口，將車子停在街道盡頭。周藏珠取出一疊廣告函，她和嚴之寬佯裝是直銷公司的派報員，按了隔壁公寓看守人的電鈴，「什麼事？請說。」裡面傳出一個老德國女人的聲音。

「派報員，請開門。」嚴之寬回答，裡面又傳出一陣嘀咕聲，一會，自動開門聲響起，他們急忙走進公寓。

住在底層看門的老太太打開門，走出來查視，嚴之寬連忙從袋子取出一瓶小瓶橄欖油，他說：「這是我們公司代銷的產品，請試用。」老太太搖搖頭說，「我不喝酒，請注意信箱上有人不願意接受廣告函的字條。還有，以後請白天來，不要晚上來。」她嘀咕了一會，便走進去了。

他們一等老太太走進去，便很快將厚厚一疊廣告資料全扔進信箱旁的字紙簍。

他們迅速地走進公寓的後院。

周藏珠已經觀察過，皮多斯拉街附近的五樓公寓和大部分的德國公寓或者歐洲公寓一樣，都是斜式屋頂，這種屋頂是針對寒冷期較長、日光較少及冬季多雪的氣候而設計，而要找到一個觀察林家的地理位置，只能利用隔壁公寓，因為隔壁樓房與八十九號公寓共用一個後院，她和嚴之寬都認為，他們或許可以設法攀爬上隔壁屋頂，由屋頂窺視位於底層的林家。

要上屋頂，他們得先上五樓，從五樓他們再走上六樓的貯藏室，那裡，通常有一個小出口留給修煙囪的工人上屋頂時使用，他們一步一步走到那個出口，然後，嚴之寬讓周藏珠踩在他的肩膀上了屋頂，他接著以手臂將自己拉上去。

由於屋頂的斜度很大，他們不小心隨時都有可能滑下去，雖然屋頂底有一小段鐵柵圍住，但是還是相當危險，他們以極慢的速度往底部滑去，從這裡望林家雖然有點高，但是林家的活動卻一望無遺。

他們坐在煙囪旁，專心地注視著林家，客廳和廚房的燈都亮著，有人在走動，他們慢慢發現，走動的人至少有四個，其中有二個人穿著西裝，他們都在廚房裡或坐或站，好像在閒聊。

歐洲夏天的夜晚，氣溫逐漸低冷下來，周藏珠穿了薄外套，才過半鐘頭後，她便冷得打起寒顫，但她忍耐著，嚴之寬察覺了，便把自己的背心脫下來給她披上，她正要跟他道謝時，林家廚房的人都往客廳走去，一位女人為他們在客廳裡布置了一張麻將桌，他們打起麻將了。

四個打麻將的人，除了主人林士朋外，客人當中有一名是外國人，另外都是東方面孔，但是麻將桌位置在客廳裡面，對他們較不利，即便在望遠鏡的鏡頭下，他們還是無法看清楚林士朋所請的東方客人面目，只看得出來他們約是中年年紀，很可能便是中國人或台灣人。

就在這時，林士朋家樓下的公寓有一位約十四、五歲的大孩子走出陽台，他似乎在偷偷抽大麻，用力地將菸吞進去，他望著天邊明月，一個人抽著菸，突然之間，他看到在屋頂上的他們，他下意識地將菸藏起來，並且和善地向他們打招呼，他們也若無其事地和他打招呼，他很快抽完菸，遙遙向二人說了再見，便轉身走進房裡。

嚴之寬注意到一個東方客人走開麻將桌，女人尾隨著他，他走向大門，女人為他開了門，他便離開林家。

他立刻把車子的鑰匙丟給周藏珠，並說，「我跟蹤他，妳一個人先回旅館。」便反應迅速地往屋頂出口走去，一下子便消失了身影。

布萊梅市區

周藏珠坐在黑暗的夜空下，她一動也不動地注視著底樓林家的動靜。

「嗨，妳好。」她朝聲音傳來的方向望去，剛才在陽台上抽菸的男孩赫然出現在屋頂出口處，他正探出頭用英文問她。

「嗨，你好。」她感到意外，不知他的來意為何，只好先禮貌地回答他。

「我覺得這裡真的好棒，真是個好主意。」他爬出洞口，「妳在這裡做什麼？」

「我，我在欣賞夜景，我喜歡在屋頂上夜遊，我覺得很有意思。」她硬著頭皮回答他。

「嗯，有道理，很有道理。」他掏出香菸，點上火，然後將火柴順手扔到樓下去，他哈哈地笑著，「我叫華倫汀，妳要抽一根菸嗎？」

「好啊，謝謝。」她看了他一眼，接過他的香菸，便繼續觀察林家的動靜。近看只像個孩子的華倫汀爬向她，「這裡有什麼好看的嗎？」他邊問邊笑，「這麼有意思嗎？」然後也過來湊熱鬧，「啊，」他一不小心滑了幾步。他停下來喘喘氣，又問了一次，「有什麼好看的嗎？」

「沒什麼，沒什麼。我想吹吹冷風，安靜一下。」她說。

「妳是日本人嗎？」他問。

由於他靠近了些，周藏珠聞到一股濃重的大麻味，她漫不經心地回答他，「是啊，我是日本人。」

「太棒了，太棒了，日本，日本。」他又嘻嘻地笑起來，似乎已抽了不少大麻，「我最喜歡日本了，所有任天堂的電玩我全有。」

「你父母在家嗎？」她問他。

「我沒有父母，我跟我哥哥住，他和女朋友在房間裡。」他說完又笑了，「他們在房間裡做那個事。」說完，他躺在屋簷上，閉上眼睛休息。

「他們也許已經在等……你。」周藏珠話沒說完，男孩似乎睡著了。

她心裡閃過一個念頭，莫非男孩死了？她看著月光下的他，睡得那麼安詳，真的像個孩子，男孩逐漸發出的呼吸聲使她不禁輕輕失笑，在這個陌生的國度裡，在漆黑的星空下，在屋頂上陪伴她找尋姊姊線索的竟然是一個素未謀面的德國男孩，一個無辜可愛的男孩。

人生啊，人生總是充滿許多叫人不知如何是好的時刻。

位於底樓的林家，現在只剩下客廳的燈光，其他房間的燈都陸續關掉了。周藏珠發現廚房的一個房間窗戶微微敞開，「機會來了。」她在心裡對自己說，回頭溫柔地看了男孩一眼，他還在熟睡，她站起來，離開了寂寞的屋頂。

她暗自祈禱這位男孩不要在睡夢中不小心從屋頂滑落下去。

漢堡市區

黑色的賓士車現在駛入亞童那街，嚴之寬認出車號，他曾到市政府查過，這輛車的車主是林士朋，但是現在駕車的人卻是一個理平頭的德國人。

他忽然間暗叫一聲，他認了出來，那個人便是原先海港旅館的史提凡！那個告訴他周妙佛是與友人外出的服務生，原來他是林士朋的手下。

黑色賓士車在亞童那街靠邊停下來，嚴之寬遠遠地也慢下速度，運氣不錯，他在離賓士車後面一百公尺之遙處，找到了停車位。他很快停好車，戴上太陽眼鏡，跟著史提凡走入一家色情商店。

「您好，有什麼需要服務的地方嗎？」一名高大、身材姣好的金髮店員問他。

他看著平頭的史提凡直直往雜誌部門走，便立刻回答店員，「您有保險套嗎？」

金髮售貨員帶他走到保險套販賣櫃前，他被一整排花樣不同的保險套嚇一大跳，他從來沒看過這麼多不同的保險套，他注意史提凡還在專心翻著色情雜誌，金髮女郎服務周到地陪著他，「都沒有適用的嗎？」

他急忙隨便取出一包交給她：「可以用信用卡嗎？」

他站在一整排的仿陽具振動棒前等女郎算帳，他看著他面前壯觀的景色，大大小小、五花八門、各種顏色、各種材料，他拿起一根超大尺寸的振動棒，約四十公分，無法想像誰會買？「您也需要嗎？」女郎將他的信用卡和保險套交還給他。他連忙道：「不了，謝謝。」

金髮女郎好心地告訴他，「我建議您選擇這些矽膠製的，送給女朋友。」她看起來很健康，態度也很自然，「矽膠製的比較自然，剛才那些大尺寸的問題是太吵了，我個人覺得不好用。」語氣彷彿在介紹自己的私生活。

他點頭稱是，回頭一看史提凡，居然已離開雜誌部，他連保險套都來不及拿，急忙往商店後方走去，但卻再也找不到史提凡的蹤跡，到處是金髮的售貨女郎，她們客氣有禮地，簡直像機器人般地為顧客介紹用品，而顧客多半還有著啤酒肚的中年男性。

嚴之寬這時發現，這家商店有二個門，而另一個大門，在店的最後方，他確定史提凡是從這個門走了，他也跟著走出門口。

布萊梅市區

周藏珠從後院悄悄地爬進林家廚房，黑暗的廚房裡一股中國烹飪的油煙味，一隻貓從流理台上跳下來，「喵」地叫了一聲，使她嚇一大跳，所幸，貓慢條斯理地走到別的房間去了。

她憑據剛才在屋頂上的觀察，知道廚房旁的房間是一個書房兼客房，她看向客廳，隔著走道，什麼也看不到，她小心移身到書房，才一動身，客廳同時傳來一陣爆笑聲，她停下來觀察動靜，他們雖以中、德文交雜聊天，談話基本上並沒有重點，可能談一些她根本不認識的人。

她很快地走入書房。

書房除了廚房的油煙味外，還加上菸草味，在黑暗的房間裡，她先是什麼都看不清，逐漸才能分辨位置，沒想到她又與剛才的貓隻同室，她輕輕掩上門，貓隻慵懶地趴在窗台上看她，背著黑夜，她覺得牠看她的樣子好像對她的處境頗知情似的，但是牠並沒有任何表態，只是安詳地看著她。

客廳陣陣的搓麻將聲這時剛好掩沒她笨拙碰觸椅子的聲響，她從口袋裡摸索出一支小型的手電筒，仔細地查視著房間，她先翻閱散置在書桌上的各類文件，雖然不懂德文，但她知道沒有什麼和軍艦有關的文件，她很快地拿出筆記本，把各種資料抄下，她並隨手拿了一張林士朋的名片，上面印著一家叫中國貿易諮詢公司的地址，而他是該公司總經理，她發現那家公司的總公司在北京，分公司便是筷子餐廳的住址。

牆上懸著林家全家福，林士朋和太太及一個小男孩，看來，以前打電話聽到的答錄機留言上的小孩笑聲，應該是這個小孩，周藏珠以手電筒照向書櫃，她看著架上的書名，大部分工具書，尤其是百科全書和字典，她隨便觸摸一本厚重的百科全書，發現書裡另有乾坤，原來空殼的裡面藏著酒，她打開別本，發現也都是酒，她闔上百科全書。

「小胖，小胖！」房外傳來一陣呼喚，她急忙關了手電筒躲在書桌下。門打開了，一個女生穿睡衣和拖鞋走進來，周藏珠只看到一隻胖的腳，「你躲在這裡做什麼？」她輕輕叫了一聲，便走到窗口抱起貓隻，然後往外走，關上門。

她從書桌下站了起來，心有餘悸，說來要感謝剛才走進房間的女人，由於她蹲下來的角度，使她看到書櫃左邊有一只模型，她仔細看著模型。

這是一只長約卅十公分寬十五公分高十五公分的精緻模型，一只軍艦停泊在玻璃盒裡，盒上貼著一只銅條，沒錯，模型的製造者便是R廠，上面寫著獵雷艦的名字（Minessucheboot），她和嚴之寬去過並且被拒絕的R廠！周藏珠深深地吸了一口氣，她現在終於知道林士朋的確和R廠有關係了。

她正想用行動電話拍下這一幕，但剛好行動電話響了，沒想到這行動電話不是別人的，正是她自己的手機，她忘了關靜音。

「糟了。」她暗自叫苦，連忙將電話關了。

漢堡市區

後門通口是一條巷道，二旁都是樓房，走出巷口，大街上熙熙攘攘，車水馬龍，嚴之寬沒看到史提凡的蹤影，他很快地跑向通向樓房的通道，他遲疑一步，然後突然看到走道上的商店旁有一個樓梯，連不迭往樓梯跑去。

樓上是一家花園用品店，到處擺置著肥料、花園立燈、搖椅等，嚴之寬往裡頭走，發現樓上的出口居然通向另一條街。

他立刻走入一家外賣餐飲店，他問老闆，「您知不知道這附近有沒有住中國人？」一位看起來像印度人的老闆很好心地告訴他：「有一家人，就住我們樓上。」他急忙道謝跑了。

他跑到樓上，死勁地敲門，一個中國老婦人慢吞吞來開門，她一看到嚴之寬便立刻死勁關上門，但嚴之寬搶一步闖進了房間，「剛才那個鬼佬是不是來過，他在哪裡？」他大聲問，老婦人以廣東話回答他，「我唔知你係度做乜野。」他掏槍指向她的臉，老婦人臉色轉黑，顫抖地說：「你係度做緊咩。」

他很快地搜尋了這戶樓房，是一戶三房一廳約七十平方尺的公寓，由於採光很差，整棟房子氣氛很陰鬱，而且房子內的傢俱簡陋，廁所開始發出惡臭。

他打開一間房間，發現窗戶被木板釘住，裡面有一些女人的衣物，有人可能一直被禁足在此，他離開那裡，快速地衝向大街上，他跑向另一邊的路口張望，賓士車也不見了，他站在那裡發愣，就在這時，他清清楚楚看著史提凡駕車從他面前駛過，裡面坐著女人就是周妙佛！他不可置信地張大眼睛，他懷疑這只是一場夢！

他覺得目眩眼花，他追了一陣子，徒勞無功，只好沮喪地站在路邊。他不計代價要尋找的女人，居然從他面前如此離去，這一幕似乎就象徵著他的人生，永恆的追尋，瞬時的幻滅。原來現實和理想的距離是如此之近又如此遙遠，原來生活是如此殘酷，而幻想是如此真實。

他站在街頭，久久不能移步。

漢堡市區

屋裡的電話聲響了二聲便停了。

坐在麻將桌前的四個人中有三個人都不約而同拿起手機，周藏珠聽到他們在詢問著彼此的行動電話是否響了，她屏息躲在門後，但是，洗牌的聲音遮去了談話聲，再一會，客廳便安靜無聲了。

她快速地往窗口走去，並爬出窗口，她小心地跳下地面，向前門跑去，門已鎖上，她打開來，想往外逃，但是她被眼前的景象嚇住了，穿著同一雙拖鞋的胖女人，握著狗鍊正站在門口阻住她。

一隻不停向她吠叫的德國牧羊犬站在女人身後，肥胖女人沒說話，她面無表情地看著她，並將手上的狗鍊放開，那隻大狗便撲過來，周藏珠拚命地往前跑。

她往大門外街上跑去，大狗仍然在後面對她狂叫，她脫掉鞋子，以高中時代校際運動比賽百公尺第一名的成績跑起來，她差點撞上停在路邊的車子，便轉身往馬路中央跑，心慌得只想隨便攔下任何車輛，這時，一輛車子停了下來，車子在最緊急的時刻，為她擋住了惡狗。

開車的人竟然是嚴之寬，他打開車門要她上車。大狗趴在車窗前亂吠，但嚴之寬頭也不回地將車子開走。

她往車後看，惡狗遠遠地追著，而更遠，穿紅色拖鞋的胖女人拿著狗鍊站在街上，像個巫婆，她的肥胖身影在車後窗裡愈顯愈小，終於消失。

「謝謝。」她輕聲地對駕車的嚴之寬說。

「去過屋頂，找不到妳，正想離開，沒想到卻聽到一陣狗吠聲，心想也許是妳。」他很高興自己在她最需要的時刻幫助了她。「我剛剛看到妳姊姊了！」他說時聲音有一點不確定感，夾雜些許愧疚。

飽受驚嚇的她喘息未止，她不可置信地看著他，至少她感到開心，姊姊還活著，「為什麼讓她走了，發生了什麼？」

嚴之寬告知她時，她很激動地問了許多問題，然後安靜了下來，看著倒退的街景，眼前的一切像電影情節，一幕一幕在她眼前上演。

夏日夜晚荒廢的街頭，酒吧人潮的喧譁、街頭警車上的警示燈閃動的光、酒吧舞廳前巨大的音樂聲，她突然覺得車子也可以永遠這樣開下去，她的腦裡沒有任何思想，而且也不知道自己該做什麼。

她聽到他在訴說，她聽到她姊姊的名字，漸漸地，她無法聽清楚他的聲音，她也聽不到任何聲音。

嚴之寬以帶有情感的眼神看著她，他明白，她的身體雖在車子裡，但她的靈魂似乎在別處，或許在她姊姊那裡，在另一個地方。一個詭異到他也無法想像的地方，他同時知道，她的靈魂敏感、容易受傷、超越世俗。

嚴之寬將車子開至海港口，他們走出車子，站在港口碼頭上。

在經歷這幾夜的歷險後，她唯一可以信賴的人還是站在身邊的他，她坐在碼頭上吹風，讓迎面的夜風把所有的恍惚吹走，她試著把進入林家的前因後果全告訴他，嚴之寬在聽完她的敘述後，也很感傷地告訴她：「妳姊姊應該是被人挾持綁架。」

他逐一地把整個追蹤史提凡的過程說出來。

這一夜，兩人完全解除了彼此的誤會和內心籓籬，又靠近了一大步，但是他們似乎都沒有注意到這一點，而是專注討論著周妙佛的去向。

漢堡郊區

林士朋和二個中國來的朋友站在漢堡高爾夫球俱樂部的酒吧間裡，他們舉著酒杯，眼光都望向玻璃窗外的綠茵。從遠處看去，三人穿的打球衣服都差不多，唯一不同的地方是中國來的朋友沒有髮型，尤其其中一位像跟班似的毛姓人士，頭髮似乎像整夜被睡扁一般，沒有任何梳理。

「參加這個俱樂部條件不少吧，」林士朋好奇地打量為球友專設的酒吧說，「您福氣大了。」

那位李姓人士頗為自負地揮揮手上的空杯說，「這會員證是德國人送的，我們平常沒時間來玩，你愛玩，以後就專找你來打幾桿。」

「說得正是，說得正是。」毛姓人士在旁只客氣地搭著腔。

「我也不常打，球藝不精，球藝不精。」林士朋喝下他手上的馬丁尼，一面笑著學著毛姓人士說話。

「您是客氣了，待會隨便打幾桿，便立刻把我們比下去了。」姓毛的又附會地說著。

李姓人士這時興致勃勃地提議，「怎麼樣？我們現在就牛刀小試個幾洞？」

「那當然，我隨時奉陪。」林士朋戴上他的白帽和太陽眼鏡，跟著二人走出去。

開球由李開始，他手氣不順，將綠坡地打出一個洞，球留在原地動也沒動，毛則巴不得將球拾起來往前扔，替他的上司解圍，他的上司站在旁邊很尷尬地笑了。

林士朋打了一球漂亮的遠桿，他態度謙虛地解釋是運氣好。球僮這時過來將他們的球桿往小電動車上放，而毛卻自己背著上司的高爾夫球桿往前走了。

李神情嚴肅地問：「最近聽說有名台灣女記者跟這件事有什麼關係？」

林士朋打球的興致來了，他一面研究著果嶺的距離，一面認真回答：「那位女記者是幫日本人打聽祕密，拿到一捲偽造剪接的錄音檔案，她還當真呢。」

李沒再往前走，他把高爾夫球桿交給毛，「什麼錄音檔案？」

林士朋也停了下來，「李先生又要給犒賞了嗎？」他半開玩笑。李點點頭，「那是一定的。我可從來沒虧待你過！」

林士朋說，「聽說鮑爾和你們那邊的官員說好一個價錢，有人神通廣大當時錄了音，現在音檔還不知流向哪裡了？」

「你可以搞一份真正的音檔嗎？」李扠著腰，一副笑咪咪的樣子。

「不一定，但我會注意。」林士朋也陪著他小作休息。剛才李先生又揮了一桿，球一時不知跑去哪裡，毛先生和球僮跑去找了。

「小心處理，」李先生說，「什麼樣的女記者？」

「一位年輕的女記者，漂亮的女主播。」林士朋乘勢討好他。

「人呢？」他問。

「現在下落不明，沒人知道她去哪裡了。」林士朋說。

李先生靈機一動，他告訴林士朋，「這件事我們可能可以幫上忙。」

林士朋會意地說，「洗耳恭聽。」

「好，先讓我打完球再說，」他才說完便打了一記漂亮的遠桿。

布萊梅市區

周藏珠和嚴之寬踏入希爾頓旅館時，旅館經理正好叫住他們，「請問是周小姐嗎？」他問周藏珠。

「是的。」周藏珠回答他。

「您租了車是嗎？」經理看了嚴之寬一眼，他手上握著電話，「租車公司的人正在電話上，他們說找您找很久了，您要接聽嗎？」他說。

周藏珠不確定地看了嚴之寬一眼，嚴之寬急忙用中文向她說，「沒錯，妳是租了車。」她於是很快接過電話，「哈囉，」她說。

「請問您是Grace，周小姐嗎？」

「是，我是Grace。」

「這裡阿拉莫租車服務公司，您約訂租車的時間已經過期，請問是否繼續租車？」

「是的，繼續租車。」

「您的車子還可以嗎？我們可以提供更大的車型，您每天只需加付廿歐元。」

「不了，我目前的車子很好。」

「有什麼其他需要效勞之處嗎？」

「有的，我今天正想找你們，我的皮包被偷了，車子鑰匙不見了，你們可以再給我一份鑰匙嗎？」

過半個鐘頭，他們坐在位於機場的租車公司辦公室裡，嚴之寬為周藏珠買來一杯自動機咖啡。這時，一位女職員拿著文件走過來，「我可以為您效勞嗎？」

「是的，我是Grace周，剛才我已打過電話，我的鑰匙掉了。」周藏珠從頭再把她在電話上所說的解釋一遍。

「鑰匙掉了？您等一下。」女職員神情怪異地看了看他們，「我馬上回來。」然後她走進另一辦公室去。

過幾分鐘，她仍然持著一樣的文件走出來問他們，「誰是租車人？誰是駕駛人？我需要駕照證件。」

「是我，」周藏珠說，她在她的口袋裡抽出一紙文件，「我的皮包掉了，這是唯一可以證明我的文件。」她說。

女職員將文件拿過去，她查核周藏珠和照片的人是否無誤，又說，「對不起，我馬上回來。」她又走進去了。

幾秒鐘後，她走出來了，在文件上飛速寫了幾個字，並說：「請在這裡簽字。」周藏珠毫不遲疑，拿起筆便簽了名字。女職員撕下文件的一份，將新的鑰匙交給她，「祝您旅途愉快！」並將周藏珠的駕照還給她。

嚴之寬看了一眼女職員還給她的駕照，憑那駕照上的照片，他根本無從分辨到底是周藏珠或者周妙佛。他輕笑了起來，「難道他們連駕照號碼也不查？」

「他們一定查對過了，是同樣的號碼，我考了三次駕照都沒通過，姊姊便去申請駕照遺失，多辦了一份給我，這其實是她的駕照。」周藏珠解釋著。嚴之寬搖搖頭輕嘆了口氣，「這不合法，好吧，現在先不計較了。」

漢堡市區

柏林洲際大飯店高朋滿座，二樓大廳站滿了排隊入座的來賓，半數是德國人，半數是台灣來賓，大家正在寒暄，或持著酒杯等著入座。

R廠總經理小鮑爾和克萊議員幾乎同時搭車抵達飯店，在他們握手寒暄時，他們的司機已將車子開離飯店門口。

他們走進飯店的貴賓室，小鮑爾豪情萬千地對克萊議員說，「今天是個好日子，讓我們好好喝上一杯。」他用力握完手後，另一手搭向克萊的肩頭，「您的「東亞進擊」計畫案實在太妙了？聽說因為您，基爾的S廠可以賣潛水艦給台灣？」

克萊議員身材短小、圓胖，有著典型政客該有的模樣，看上去絕少不了精明和世故，他先是哈哈大笑，然後說，「我是台灣之友，友華小組副主席，不僅為了台灣，站在在商言商的立場，德國能賣潛水艇給台灣當然好，這是多少就業機會，嚴之寬那邊有相關產品，我未來也可幫忙。」

「潛水艇我們可以和S廠合作，過去沒有克萊議員在國會為我們遊說，尤其是歐洲軍艦小組，我們那時根本拿不下獵雷艦，對了，S廠的史坦麥爾今天沒法出席，但我們可以約他吃飯。」小鮑爾既客套又諂媚地說話，又向侍者給議員送上一杯香檳酒。

這時台灣處長許禮國走進貴賓室，「克萊議員久違了，這次台灣行怎麼樣？安排得還滿意嗎？」他走過去和克萊及小鮑爾握了手。

「很好，安排得很好，我喜歡圓山飯店，我們這次吃得很好。」克萊議員一邊喝起白酒，一面打開台灣行的話題，「我也去了故宮博物院，看到了翠玉白菜。」

許處長駐德多年，今天是過年也是他卸任的惜別會，但是奇怪的是，酒會完全沒有惜別的氣氛。許處長做了冗長的中文致詞後，下台一鞠躬，大家也就拍拍手，行禮如儀。許處長過去挽著克萊的手臂，「待會兒要麻煩您也說說話。」

穿高衩旗袍女孩們演奏古箏後，幾名德國政界小咖紛紛上台對許先生歌功頌德。小鮑爾和林士朋同坐一桌，沒一會，致詞節目終於結束，自助餐的菜開始上了，一群人毫不掩飾地立刻走去取菜，一下子，自助餐台前便排滿人群。

吳新民這時走過來對林士朋耳語，然後走出大廳。過不到十分鐘，小鮑爾和林士朋也離開擠在自助餐台前的人群，他們約了吳新民直接走向旅館的酒吧。

「那位女記者的事都交給吳先生處理，您放心吧，」林士朋以英語向小鮑爾說，他也向吳新民舉杯，「我們下一個合約就要看您了。」

吳新民笑了笑，「我全力疏通管道，請放心，首先得把我的同事弄走才行。」

「那傢伙姓嚴，是吧？」林士朋解釋，「我們一定得阻止這件新聞報導繼續曝光，再這樣下去，情況對我們很不利。」

「我知道，你放心。」吳新民仍是一臉信心滿滿。

「吳先生，怎麼樣，您最近還好嗎？」小鮑爾抽起一根雪茄。

「謝謝，很好。」吳新民點點頭。

「我就不太好了。」小鮑爾說，他向侍者再度訂了三杯威士忌。

「他非常擔心女記者的事……」林士朋用中文提醒吳新民，「德方是不是也介入了？」

「德國方面反應不會那麼快，我們會注意。」吳新民慢條斯理，「姓嚴的手上情報有限，他成不了什麼事。」

「我的想法是斬草要除根，」林士朋改用英語說，「鮑爾先生也和我一樣的想法。」

小鮑爾的司機走進來，對他說了幾句話，小鮑爾揮揮手，司機便為難地退了席。小鮑爾看著吳新民，「您說這件事怎麼辦呢？」

吳新民想了想，「危機意識當然也要有，林先生您這邊怎麼做，我都沒意見，我先把嚴弄走，只要他走，事情就會簡單多了。」

鮑爾熄掉雪茄，「吳先生是聰明人，真是不得了，」他站起來，「我家裡剛好有點事，必須先走了，林先生，您幫我好好招待吳先生。」

林士朋連忙回答：「這麼重要一個客人，那肯定不是米其林便是五星級。」講得三人都笑了。

漢堡市區

「可能是這一輛！」周藏珠叫起來，嚴之寬仔細地看了一下車身，他說：「車子太老了，不像九四年的福特車。」周藏珠還來不及聽他說完，鑰匙便插進車子的鑰匙洞中，一時警報器大聲響起了。

嚴之寬立刻拿出手機佯裝觀光客地在路邊拍照，他為站在環保垃圾筒前的她拍了照。

一個路人好心地走過來說，「要不要我為您們拍合照？」周藏珠立刻說，「不必了，謝謝。」嚴之寬則大方地回答，「好啊，麻煩您了。」兩人又站在垃圾筒前，路人把手機還給他們，忍不住問：「您們國家沒有這種垃圾筒嗎？您們想拍照留做紀念嗎？」嚴之寬點點頭，周藏珠在旁笑了起來。

不等那位好心路人走遠，他們立刻恢復了原先的尋找，他們沿著海港旅館方圓一公里之內的大街小巷，逐車找尋九四年出廠的白色福特，已經過了一個小時了，仍無結果。

一個長相像土耳其人的年輕男人走過來，他的神情看起來有些不自然，他靠近嚴之寬說：「我在樓上觀察你們很久了，你們想偷車是不是？我可以幫你們，到時你們分我一些錢就可以。」

他的態度很認真，他自我介紹說，他在土耳其修車廠做事已有很多年，這二年因投靠親戚來到德國，沒想到求職這麼不易，又遇到新納粹黨徒看土耳其人特別不順眼，他曾經被毆打受傷，在家休養了多年。

「我非常瞭解各種車子的性能，對偷車技術也很有研究，我只要告訴你們怎麼做，並且幫你們把風，保證你們一定偷到手。」他以細微、幾乎快聽不到的聲音說。

嚴之寬對他說，「謝謝，我們不是偷車賊，我們只是忘記將車子停在哪裡，一時找不到自己的車子。」然後和周藏珠轉身便走。

「只要你告訴我，你們的車子是什麼廠牌、顏色及出廠年代，我馬上可以幫你找到。」年輕的土耳其人既害羞又熱切地說。

「你為什麼這麼有把握？」嚴之寬好奇問他。

「只要你車子停在這一帶，我就有把握，我喜歡車子，這邊的車子我都很熟，車主是這裡的住戶，車主是否在這附近上班，誰有情婦，誰常沒回家，或者什麼時候去度假，我都一清二楚。我喜歡車子，我每天研究它們，我把這一帶的車子都當成我自己的車子，每天會出來看它們。」他說。

「你開什麼車子呢？」嚴之寬問他。

「我沒有車子，這邊的車子都是我在照顧，就像我的，不是嗎？」他的雙眼皮眼睛又大又無辜地眨著。

這時，嚴之寬心裡生起一股懷疑，他懷疑此人是不是有精神官能症？但是他聽到周藏珠突然以英文問他：「九四年的白色福特，有印象嗎？」

黑髮黑眉毛的土耳其人想了想，他問，「車子停在這裡多久了？」周藏珠告訴他，約六天以來可能都一直停在同一個地方，沒人碰過。

「有了，請跟我來。」他胸有成竹地說。

他帶領他們一直走到漢斯街，就在海港旅館附近的一條小巷，一輛白色福特車便停在那裡，周藏珠拿出租車公司給她的鑰匙，才輕輕放進去一轉，車門便開了。

在漢堡市區的車上

午夜二時，周藏珠在睡衣上披了一件風衣便走出旅館。

她走到漢斯街上，拿著手上車子的鑰匙，她開了車門，再一次檢查車內的所有姊姊留下來的物品，一瓶礦泉水、她的 Ray Ban 牌太陽眼鏡，就沒有別的物品了。

她將車子駛出停車位，沒有任何目標地往前開去，往漢堡城裡開去，往心中幽暗處開去。

姊姊周妙佛已經失蹤近一個禮拜了，她的心情也愈來愈沉重，憂心寫在臉上，誰都讀得出來。

憂鬱像一件過重的毛衣，披在她單薄的身上。她總是皺著眉頭，擔憂姊姊的生命安全。

為了尋找姊姊，白天，她有許多該進行的計畫，她沒有餘力再做其他的事情，譬如去想念朱俊璞或者去恨他。晚上對她來說，是很難面對的時光，焦慮不安煎熬著她的心，她總是失眠，夜夜失眠，她的生活秩序亂了，她不知何以繼續。

唯一可以說話的對象是嚴之寬，原本她和他的世界毫無關連，她把所有的疑問拿來和他討論，只有他瞭解她的疑慮，他們討論的話題都是姊姊，眼前，她姊姊便是她唯一也是最大的問題，她和他討論，他給她意見。

但她是她，他畢竟也是他，她不該時時打擾他。

有時她有一種錯覺，彷彿，真的在這個世界上失蹤的人是她自己，而不是她姊姊，是她自己的靈魂走失了，她的靈魂看著自己的肉體在日常生活中苦惱著姊姊的下落。

而嚴之寬的存在證明了這些錯覺，她姊姊是失蹤了，每當想到這裡，惶恐便隨之而來，它很快也很容易便占據了思想的一處，思想中最灰澀的一處，一個和自己長得一模一樣的孿生親人，怎麼會突然之間在一個旅途中消失？

她想，姊姊或許此刻跟她一樣也在思索著人生處境。

雖然她和姊姊在性格上並不一樣，她的內心世界憂鬱且自閉，而姊姊開放而自得，但是她們都一樣重視感情，她羨慕姊姊的自得其樂，有時她甚至懷疑，姊姊的達觀，是因為在母親懷胎過程中，把母體內擁有的憂鬱之氣全部給了她一個人。

從小，她便羨慕姊姊，二個人站在一起，長輩總是比較注意、寵愛姊姊，她有點像姊姊的影子，總是離不開她，甚至依賴她，長大以後，她和姊姊的感情還是很好，但是有時她會覺得一點不自在，她不是姊姊的附屬品，她也有自己的想法和自己的聲音，但是大家似乎更重視姊姊。

她很厭倦別人把她和姊姊混淆在一起，但又喜歡別人認為她們是同一個人。她覺得奇怪，她和姊姊愈長大愈不一樣，無論性格或態度上差異都愈來愈大，甚至她們的長相也很容易區分，她不明白的是，為什麼別人區分不出來。

現在她才知道，姊姊跟她最大的不同是她快樂的天性。而她自己不容易快樂，無論外界發生了什麼事，她總是不放心，總是不滿意，即便現在，假設姊姊就在這一刻出現在她面前，難道所有的人生問題就不再了嗎？她也問自己，假設朱俊璞愛她正如他從前愛她，她的人生問題就不再了嗎？似乎不是。

不，一定不是。

也許，她的不快樂是註定的吧，眼下，一個揮之不去的畫面又浮現了，她知道，就是這個畫面使她這一年來如此陰鬱，使她和朱俊璞的關係陷入沒有出口的僵局，她一直不願意面對這層現實，但是此刻她卻無法再逃避了。

去年夏天，她和姊姊廿八歲生日的那一天，她們在家裡辦了一個派對。

那一天，她們請了好多朋友到家裡玩卡拉ＯＫ，大家玩得很高興也都喝了不少調酒和威士忌，連她自己都醉了，她躺在姊姊的臥室的床上，很快便不知不覺地睡著了，一直到三更半夜她才睜開眼睛，她走到客廳去，看到幾個朋友七橫八豎地在地毯上睡著了，然後她走回自己的房間，當她打開房門時，令她不敢相信的事情發生了，她看到朱俊璞和穿著白絲睡衣的姊姊坐在她的床前，朱俊璞正在吻著姊姊，她站在那裡一會，轉身走了。

但是從此那個畫面像紋身般地留在她的腦中，無法消除。

後來，姊姊說那一天她和朱俊璞都醉了，朱俊璞也再三地否認他們之間發生了什麼，她不想再知道當晚的任何事情，從此便三緘其口。從此，她和朱俊璞之間便愈來愈陌生了，他總覺得她情緒古怪，便常常一個人行動，她更以為朱俊璞有意和她疏遠，她愈來愈沉默了。

姊姊的男朋友倒一直不斷，前後就換了三個，姊姊似乎並不是真心愛他們，她可以感覺到姊姊在感情中自我放逐，有時，她以為姊姊真心愛的人也許是朱俊璞，但是她始終矢口否認，朱俊璞也不願意承認他和她姊姊有什麼關係，三人之間從此愈來愈不去碰這個話題，但對周藏珠來說，卻是永恆的創傷，每當她想到此事，她便頭痛，這個問題沒有出口。朱俊璞必須從她的記憶中離開，這是她的抉擇，永遠的抉擇。

但她必須找到姊姊，她告訴自己，不能再遲了。

她開車在城市的街道中流竄，追逐著自己過去的記憶，流動不定的夜影不斷撫過車身，像撫摸著她的靈魂，她需要愛，她對自己說，她需要力量來尋找姊姊，姊姊，究竟妳在何方？她一邊開車，一邊又如往常喃喃地呼喚著，彷彿在自我安慰，也彷彿像在自我詛咒。

清晨五時，她將車子停回漢斯街，徒步走回旅館時，她第一眼看到的是站在門口的嚴之寬，他告訴她，「我一直在等妳，我以為連妳也失蹤了？」

往布萊梅途中

也許是因為周藏珠整夜失蹤，嚴之寬忽然之間才發現她的存在，因為過去他一心一意在尋找的是她姊姊。

現在他們急著開車出發去艾瑟河邊。她坐在他身邊，再度前往布萊梅的R廠，嚴之寬握著方向盤，他注意看著高速公路上的指標，關心地問她：「妳到底整夜去了哪裡？」

「我睡不著，只是開車在城市裡繞來繞去，哪也沒去。」她平靜地說。

「為什麼睡不著？」他理所當然地問她。

她打量著他，仍然一副平靜的表情說，「我姊姊已經失蹤了一個禮拜了。」

「我心情也不太好，」他說，「我瞭解。」

周藏珠緊抿著嘴唇，她閉上眼睛，然後慢慢睜開，她說，「我還好，只要找到姊姊，一切就會沒事。」

嚴之寬看著她，發現她看起來有點憂傷，「妳病了嗎？不舒服嗎？」他問。

她輕輕微笑起來，「你今天怎麼特別關心我？」

他也笑了，有點不好意思地掩飾自己，「現在我們兩人得相依為命了，我當然得多關心妳。」

「謝謝，我沒事。」她仍緊抿著嘴，心事重重，眼睛毫無意識地望著車子駛向的前方。

二人一路沒再說話，路標上指明布萊梅還有廿公里。

嚴之寬單手駕駛，另一手搭在車窗上，他在迎面的風中思索著眼前這個女孩，她單薄而倔強，鬱鬱寡歡，以一種自我的方式拒絕這個世界，他想，她的個性令人難以捉摸，而且太情緒化了，她的情緒像面具般地包裝著她。

「妳男朋友也是醫生嗎？」他換個話題，想為心情低靡的她打點氣。

「對，他也是醫生。」她微微露齒一笑，「我們是大學同班同學。」

他原來並不知道她有男友，他頓了一下，「他對妳好嗎？」

她沒想到他問的問題便是她的傷痛，她愣住了，一時不知如何回答。然後，才淡淡地說：「他對我還不錯。」便無語了。

嚴之寬從她的回答中讀出一種訊息，她不是一個輕易示弱的人，但原因並非她的堅強，而是她的脆弱。他從她的反應知道，她與她的男友感情一定有問題，他為自己的發現又笑了起來。「你在笑什麼？」她有些不安地問他。

「沒什麼，我覺得妳是個滿憂鬱的女孩，」他輕鬆地說，「妳和妳姊姊不太一樣。」

現在輪到她思索了。

以女性的直覺，她知道這位自稱很喜歡姊姊的男孩，男孩嗎？他都多大了？這個男人，不管怎麼樣，他對她友善，他開始對她有好感，她不會不知道，她也清楚，他的談話只是想進一步認識她。

但是，她不讓他有機會瞭解她，她不願意這麼做，因為按照她的想像，天底下的男人都一樣，對感情的態度不像女人那麼認真，他們喜新厭舊、自私、自我中心、不負責任也不喜做決定。

她認為嚴之寬也不會有所不同，何況他好像在暗戀姊姊。

她不打算再說話，打開車子前座的櫃子，想在裡面找紙巾，她找了一下，卻找到一紙信封，她打開信封，看到一只隨身碟。

嚴之寬很快地將車子開出高速公路的出口，並沿著小路停了下來。他找到電腦，接上隨身碟，他們仔細地查看，找到一個錄音檔。他們集中注意力聽著檔案，機裡傳來是中英文交雜的談話聲，坐在車裡的二個人都嚇了一跳，尤其是嚴之寬，因為錄音檔一個講話的人正是他的老闆盧淼。

他們仔細地聽完錄音檔，約半數的錄音檔上錄的都是盧淼為小鮑爾介紹中方人士的談話，談到佣金的轉帳方式，必須先在瑞士開個戶頭，原來盧便是這個大案子的中介人。

嚴之寬目瞪口呆，他做夢也想不到，他的直屬上司派他來德國調查此事，當初說法是有位台灣女記者在德國下落不明，要他全力找到那人，原來這只是盧監控整件事情的手法，這不是電影才有的情節嗎？他居然是盧某的一枚棋子。

這件事可能即將改變他的人生，他深深吸了一口氣，又嘆了一口氣。換成周藏珠關心地看著他，不知該安慰還是評論，她也不知道這錄音檔能救姊姊，或害姊姊？她著急地看著沉默的嚴之寬。

抵達布萊梅後，他們搬入車站前的旅館，當嚴之寬幫忙周藏珠將行李從行李箱裡拿出時，看到大紙袋裡一只絨布熊。絨布熊像是一個密碼或符號，透過這個密碼，他在剎那間瞭解了這個女人。

她真的不像她外表所裝扮的那麼堅強，雖然這點他早也猜到了，可是絨布熊卻更加強了這個印象，再來，嚴之寬想，原來周藏珠是一個需要絨布熊的女孩，會不會她得過恐慌症或憂鬱症呢？他看著有一雙坦誠眼睛的小熊，原來這雙眼睛和她的一模一樣，他看著熊，再看著她，這時，周藏珠立刻將絨布熊搶了回來。

她瞬時間漲紅了臉。

艾瑟河畔

布萊梅R廠附近二里內都是荒涼的河岸，除了工廠用地就是圍牆，遠處只有少數住戶人家，嚴周二人開車在艾瑟河邊繞來繞去，終於找到一家小餐館。

時值午餐時分，一群看起來像船廠員工的人陸續走了進去，他們二人站在餐館外，反而成為一些人注意的目標，他們只好跟著走進去用餐。

餐館真的不大，就老闆夫婦兩個人，丈夫煮飯，妻子端菜，菜單全寫在牆壁上，屋裡的擺設倒也井然有序，「菜單像天書一樣，實在不知從何點起。」周藏珠看著牆壁，無可奈何地說。

嚴之寬仔細地聽著周遭的人談話，漢堡口音總是在句尾上加個像中文的「呢」，從談話內容聽來，這些人大約都在這附近工廠工作，不一定是在R廠，也有可能是前區的小船廠的職員。

太太服務生忙得分不開身，她好幾次經過他們的桌邊時都說，「我馬上來，」然後便一桌一桌上菜，或送水倒酒，最後才走到他們身邊：「您點些什麼？」

點完菜後，嚴之寬走入洗手間，就在這個時候，一名單獨來用餐的客人走過來問周藏珠：「您第一次來德國觀光嗎？」周藏珠點點頭，他便搭訕地說著，「如果有任何需要幫忙的地方請找我。」周藏珠問他，「您在R廠做事嗎？」他回說「是的，」，他在R廠做事。一聽到他在R廠做事，周藏珠立刻很激動地問他認不認識林士朋。

那個人一聽到林士朋的名字，便反過來問她是不是中國來的，她告訴他，她是台灣來的，然後他問她，「那麼你們來這裡有何貴幹？」她說，她來找人。「什麼人？」他又問她。她說「我姊姊，我找我姊姊」，您看過這附近有什麼東方人出現過嗎？她問，「沒有。」他說，對不起，我還有其他的事，恕不奉陪了，便走回自己的座位，再過一會，便要求結帳離開餐館。

嚴之寬回到座位上，他看著一個神情奇怪的男人從周藏珠身邊走開，便問她，

「是一個消息來源嗎？」周藏珠搖搖頭，嚴之寬說，「我剛才問過老闆，他告訴我，那邊那二個喝啤酒的人是R廠的人。」

這個時候，二名看起來像吉普賽流浪人走進來，一個提著小提琴，另一個抱著手風琴，他們一走進屋內，便直直走到他們面前，並且演奏起來，二人的音樂造詣很高，周藏珠聽得出來，便毫不遲疑地拿出錢包給他們五歐元，二個人高興地道了好多次謝。

這時，老闆娘不小心打翻了一個客人的酒杯，場面頓時很混亂，身體碩大的她急忙道歉並立刻送上新的酒，演奏家到別的桌子去演奏了，嚴之寬站起來走到酒吧檯上二位坐著喝啤酒的男人身邊。

「聽說您們在R廠工作？」嚴之寬很客氣地問。

一個男人回答他，「沒錯，有什麼事？」他啜了一口啤酒。

「我想找一個人，他也在R廠做事。」嚴之寬說。

另一個喝啤酒的男人抬頭問他，「你們是台灣來的嗎？」

「是，我們是台灣人。」嚴之寬笑著說。

男人也笑了，他舉起酒杯向嚴之寬敬酒，他看起來很斯文有禮，他說，「你可能不知道，在艾瑟河岸，台灣這個字眼早已成為禁忌名詞，沒有人敢提起這個字，我也不敢，你懂嗎？」

另外一個男人則說，「我們也只不過是小員工，很多事情我們一點也不清楚，問我們也是白問。」

嚴之寬回頭看著周藏珠，她閉著眼睛一動也不動地在座位上靜坐，在音樂聲中，他覺得她比任何人都美，她的美已足夠令他魂縈夢牽，他恍惚地走向她，發現她表情變得很痛苦，「怎麼了？」他聽到自己在問她。

「沒什麼，想到我姊姊，我感覺她現在情況很糟糕。」她睜開眼睛，輕聲地說。

「別難過，我們一定會找到她。」他發現慰藉她可以讓他自己安心，他希望他可以安慰她。他第一次把心思全放在她身上，他對自己發現這個感受也有點意外。

艾瑟河畔

「就是這家。」嚴之寬對周藏珠說，他們眼前的歐威酒吧是附近船廠員工最喜歡去的社交場合，很多人下班以後，都習慣來此喝個幾杯，不是看足球賽轉播便是和朋友聊聊。

整個下午，他們去過艾瑟河邊所有的酒吧和餐廳，他們試著詢問所有在船廠做事的人，但沒有人願意表示什麼意見，一提到台灣果然大家一致噤聲。嚴之寬告訴周藏珠，台灣向德國買過四艘獵雷艦，後來發生好多宗命案，負責買賣獵雷艦的上校也被人暗殺，使得布萊梅的艾瑟河岸對台灣一字諱莫如深。

周藏珠愁眉不展，四點鐘左右在另一家咖啡館中，有一個喝醉酒的男人終於告訴他們，「為什麼不去歐威酒館，那裡可能可以碰見一些曾經在R廠做事或做過事的人。」

他們走進煙霧瀰漫的歐威酒吧，一個再典型不過的工人酒吧，裡面清一色聚集的都是剛下班的男人，大家都喝酒，其中又以喝啤酒的人居多，果然，一些剛下班的人陸續地走了進來。

嚴之寬和周藏珠坐在角落的桌邊，他們也各點了一杯啤酒，周藏珠環顧周遭，似乎女人在這種地方是稀有動物，屋裡有個男人流露出色瞇瞇的神態，使她感到不舒服，嚴之寬跟她一樣坐在那裡打量四周。

一個捲髮的中年人走向他們，他問：「你們是記者嗎？」嚴之寬和周藏珠同時都點點頭，那個男人問周藏珠，「妳不認識我了嗎？」周藏珠說，「對不起，我記性不好，我忘記您的大名。」

他笑出聲說，「才二個禮拜前的事，您的記性真差。」他拿出名片給嚴之寬，再一次自我介紹說，「我是亞歷山大，是布萊梅地方報的記者。」他拉了一把椅子，自己便一股腦地坐在他們身邊。

嚴之寬悄悄用中文告訴周藏珠，他認為此人既然是記者，可能可試著從他得到消息，周藏珠點點頭，她對亞歷山大說，「你認識的人可能不是我，我不是記者。」

亞歷山大看了看她，他說，「老天，你們難道都長得一模一樣？那你是誰？」

「你認識的人可能是我姊姊，Grace，她是記者，我是她妹妹。」周藏珠試著解釋，她早已習慣這種解釋。

「老天，妳們二人長得可真像，」亞歷山大說，「那妳姊姊呢？我有事要找她，打電話到旅館，總是找不到人。」

「我姊姊失蹤了，已經幾天了，我現在很需要一些援助。」周藏珠看了嚴之寬一眼，然後和亞歷山大繼續談下去，「你知道台灣和R廠的事嗎？」

「你們是說，她的失蹤與R廠有關係？」亞歷山大幾乎闔不攏嘴，「你們知不知道，這是天大的大新聞？」

「我瞭解你們記者真的整天都在想著新聞，但她姊姊失蹤了，需要援助，如果你的考量點只是新聞，那她什麼也不必對你說了。」嚴之寬神色嚴肅地說。

亞歷山大立刻道歉，他向他們二人保證，他說，「好，忘記新聞工作吧，只要我能幫得上忙，我將盡力協助，一直至你們找到她為止，」周藏珠看他相當誠懇，便一五一十將這幾天發生的事情全告訴他。

亞歷山大聽完立刻小聲地跟他們說，「我現在帶你們去找一個人，他是剛剛被R廠裁退的工程師，他在R廠待過很多年，知道不少R廠的事，但是，只有一個要求，將來不要提我。」

嚴之寬看了周藏珠一眼，「好的，我們將是鬼魂，都不存在。」

過十五分鐘後，他們三人便坐在那名工程師家中了。

布萊梅郊區

亞歷山大開車載他們在布萊梅郊區繞來繞去，終於將車子開進一棟花園洋房，他在門口查看了一下住戶姓名，撳下電鈴前，對他們說，「他叫湯姆士，人很好，但是他太太很令人討厭。」這時，對講機裡有人問，「是誰？」

「我是亞歷山大，我帶來二個朋友。」他說。

門隨即打開了，他們走進三樓的一棟公寓，湯姆士看到周藏珠時非常驚訝地說，「原來是妳！」立刻上前擁抱並給個親頰禮。周藏珠知道歐洲人有這個習慣，但表情仍有點僵硬。

亞歷山大笑了，他說，「我打賭你從未見過她。」但是湯姆士斬釘截鐵地說，「我們見過，就是前一、二個禮拜的事。」周藏珠只好再次把自己的身分解釋一次，她神情很擔憂地說，「我姊姊已經失蹤一個禮拜了。」

湯姆士的妻子也在家，她拿出一瓶紅酒招待他們，但是嚴之寬和周藏珠都沒有興趣喝酒，倒是亞歷山大很高興地喝將起來。湯姆士一邊啜著他的酒杯一邊問，「我可以幫什麼忙？」

客廳是古典裝潢，可能是燈光昏暗，老式的傢俱看上去有點陳舊，湯姆士態度很和善，他的妻子也陪坐在身邊，周藏珠一下子不知從何開始說起。

「我姊姊來找過你，當時她說過什麼？」她想了想便這麼問。

湯姆士的太太對湯姆士做了一個暗示的眼神，示意他不要吐露任何事情。湯姆士沉默了一下，才說：「她當時來找我，是問我可以不可以給她任何R廠和台灣聯絡的文件。」

「什麼樣的文件？」嚴之寬接著問。

「我告訴過她，台灣方面曾經幾度來信要這邊動作小心，以免事情露出破綻，我曾參與機密小組，所以對信的內容耳熟能詳。」湯姆士說，「我答應要給她copy，但是，她卻沒再來找我。」

「你可以把這些文件給我們嗎？」嚴之寬問。

「不，我改變主意了，她一走，我就有一種預感，這個案子愈來愈複雜了，聽說台灣死了許多人，在法國也有人被推下陽台暴斃，我改變主意，不再碰這件事了。事實上，這些東西，我燒掉了。」湯姆士攤開手說。

「你真的沒有嗎？不會吧。」亞歷山大在旁附會。

「我真的沒有，何況，我後來發現，這位周小姐的身分很特殊，她好像除了挖掘新聞外，還有別的目的，所以，我也不想再牽連進去。」湯姆士喝了一口酒。

「你說我姊姊有什麼目的？」周藏珠不解地問。

「對不起，這只是我的猜測，我不知道，也許她在為美國情報局工作？」

「這不可能。」嚴之寬搖搖頭表示，「這種猜測沒有道理。」

「你認識一個台灣人叫林士朋嗎？聽說他在R廠工作。」周藏珠改換話題。

「姓林的台灣人只是R廠的顧問，你們應該知道，他表面上開餐館，其實私下在中介武器，也有可能販毒，他便是因為R廠和台灣做生意所以才常常到R廠走動。」湯姆士說，他沒理在旁猛向他眨眼的妻子。

坐在一邊的亞歷山大打圓場地說，「的確，這件案子複雜的程度，簡直令人無法想像。」嚴之寬繼續問湯姆士，「你既然看過那些文件，你知道寄發者是誰嗎？」

湯姆士低頭想了一下，他說，「是一個叫Peter……」湯姆士還沒講完話，他太太已氣得站起來走出去。

他停了半晌，又說，「你們知道，我雖然已經離職，但是R廠的生意基本上跟黑手黨的作業差不多……我也得注意安危。」

嚴之寬打斷他的話，「周小姐失蹤了，我們唯一的目的也不過是找到人而已，你別擔心別的。」周藏珠也趕緊點了點頭，她的樣子迷惑而無助。

「Peter Wu，我看過的都是這個簽名。」湯姆士將置在膝上的雙手闔起來，聲量也放小地說。

嚴之寬一時呆住了，「Peter Wu？這不是吳新民嗎？」他彷彿在自言自語。他又問了湯姆士一句，「是一個高個子嗎？」湯姆士笑了，「我不知道你的高定義是多高？」

他突然想到，「如果你不確定是他的話，你可以在明天到R廠船塢去，他已經受邀，應該會去，他和林士朋是好朋友，到時你便知道了。」

「我們並未受邀怎麼去呢？」嚴之寬為難起來，他實在太想知悉答案了。

「你不如帶著望遠鏡到艾瑟河對岸便可以看得到，」湯姆士似乎發現自己說太多，他突然停了下來。

「可以告訴我，R廠船塢對岸有路嗎？」嚴之寬懇求著湯姆士。

湯姆士無可奈何地笑了，他說，「這還不簡單，到時你請亞歷山大帶你們去就成了。」他看了亞歷山大一眼，亞歷山大則同意地說，「我可能有個辦法。」

布萊梅火車站

布萊梅火車站的大廳時鐘指著晚上九時過五分，嚴之寬拿出打火機點上他的香菸，他無視於周遭走動的人群，沉浸在自己的思考中。

一種黑色的汁液像血一樣在他的腦中流著，這不是普通的黑色，這不是普通的汁液，只要這黑色汁液存在的一天，他便在他的生活裡倍受折磨。他看到的世界總是跟別人不同，他像希臘神話中的薛西佛斯一樣，必須永不停止地把石頭推向山上，難道別人都沒有發現人生本來是這樣的空洞乏味？為什麼他和別人不一樣？為什麼他有這樣的宿命？石頭不停地滾下去，他必須一直推上去。

「你還在這裡搞什麼鬼？」吳新民走向他並拍拍他的肩。

嚴之寬從他的思索中清醒過來，他和吳新民握了握手，「找個地方坐一下。」

他建議著，他的眼睛裡布滿血絲，整個人幾乎快癱瘓般地站在那裡。

「唉，我真的是好心，我警告你，你再不回去，就出大紕漏了，你知道嗎？」吳新民激動地抓著他的手臂說。

「先找個地方坐下來談，我想喝一杯咖啡。」嚴之寬說，眼睛望前後左右看去，「火車站有個附設餐廳，可以嗎？」

他們往一樓走去，吳新民仍然激動地表示不解，「你可以告訴我，你到底為什麼不走？盧老已經在說狠話了，你可不可以立刻回去？」

嚴之寬選了一個靠近窗口的位置坐下來，吳新民也坐了下來，他繼續說著，「你這次肯定要被處分了，嚴大頭，不必這樣搞嘛。」

嚴之寬看著布萊梅火車站前街上的景色，一副無所謂的表情，他說，「我不想回去，理由很簡單，人命關天。」

吳新民語氣不改地說，「你滿口天經地義，突然講起道德來了？我很想問你，你為什麼一定要這麼努力，這麼認真？你知不知道，辦公室裡多少人恨死你了，你永遠加班，你老是做比別人多，你可不可以饒饒大家，人家沒有必要都跟著你玩嘛。」他一口氣說著，倒像為了他好似的。

「Peter，你是不是……」侍者走過來問他們要點什麼，嚴之寬突然停下他的問題，他點了一杯咖啡後，他的問題卻問不下去了。

「老友，你可不可以告訴我，到底怎麼回事？你為什麼不回去？」吳新民擔心地看著他，他似乎是真的擔心，因為嚴之寬說話的樣子有些反常，他平靜沉默，欲言又止。

「也許我的價值觀和別人不一樣吧，我沒有辦法以別人的價值觀來做判斷，我沒有辦法用別人的方法過活，周妙佛失蹤了，失蹤的原因正與台灣海軍向德國買獵雷艦這事有關，我怎麼可以坐視不顧？」他說著說著，眼神黯淡起來。

「大頭，你這個工作做得沒有我們久，才會有這些不是問題的問題，你如果要這麼說，那我也可以問我自己，現在坐在這裡跟你講話又算什麼？人在江湖，身不由己嘛，你問這麼多，日子是不是不要過了。」吳新民耐心地表現同事的關懷。

「人在江湖，身不由己？」他重複一次這個句子，突然笑了起來。「是不是盧老叫你來跟我說的？」他問。

「是啊，盧老要我轉告你，他要你立刻回去，就這麼一句話。現在外界對整個案子早已淡忘了，好，我現在還要告訴你一個事實，最最上面的人已放話說周妙佛的事不能管，她是在為美國中情局搞情資，這個案子因此我們絕不能再碰了，懂嗎？」吳新民說得頭頭是道。

「好，既然盧老叫你傳話，那請你轉告他，再給我三天的時間，我三天後便會回去，我得把一件私事辦完才能走。」他說。

「什麼私事？」吳新民眼光緊追不捨地瞪著他，「別說三天，你今天就得走了。」

沉默了一會，嚴之寬不好意思地說，「我上個洗手間，馬上回來。」

他直直走出餐廳，快步地離開火車站。

吳新民等了一會，付了錢，快步走到大廳，二班遠程火車同時到達布萊梅火車站，一時之間，火車站大廳擠滿了人群，吳新民再也看不到嚴之寬的蹤影。

布萊梅市區

整個晚上，嚴之寬坐在一家泰國餐廳裡默默無語。

他連點的菜也沒吃一口，連喝了好幾杯的白酒。「我想，湯姆士可能有道理，妳姊姊可能身分沒那麼單純，她的失蹤原因可能很複雜。」他一面沉思一面對著酒杯說話。

「連你也不信任我姊姊了，為什麼？」周藏珠不悅地問他，「你為什麼寧可相信一個陌生人的話，而不相信我姊姊？」

其實，周妙佛對他來說也是陌生人，他本想這麼說，但看到她生氣的神情便不再說下去。

她說的沒錯，隨著時間的增長，他慢慢開始懷疑周妙佛在他心目中完好的女性形象，他對周妙佛的好感也逐漸與日薄減，他甚至開始相信別人的話了。
「你憑什麼相信我姊姊有什麼特別身分？」坐在他面前的她仍然態度堅持。
「妳又憑什麼相信妳姊姊身分單純？」他也不太客氣地頂回去。
她嚇了一跳，便不再做聲地坐在旁邊，二人便不再講話。
離開泰國餐廳時，嚴之寬問她想不想到海邊走走，她沒有回答，但跟著他走。
在車上，嚴之寬對她說：「我現在才真正體會到什麼叫自由。」他還說，「今天，我決定放棄我的工作，幾年來我為工作效忠效勞，最後才發現我效忠的對象居然是一個貪得無厭的怪獸，我必須停止這個工作，否則我會發瘋。」他停頓了一下，又說，「我不知道我人生的目標何在，也許我從來沒有任何人生的目標。」
「我想沒有人清楚知道自己的人生目標何在，認為自己清楚的人也不過是擁有一個假象而已。」她以虛弱的聲音說。
他們站在夜色中的海邊，海風冷冷地吹著，二人出神地看著黑暗的北海，彷彿都想把心中的石頭扔入海中。
好長一段靜默後，她說，「我必須繼續尋找我姊姊，不管事情如何演變，不管她在做什麼，她還是我姊姊。」

嚴之寬則緩緩地說，「我會陪妳找，只是我有一點擔心，再找下去，我找到的真相會讓我自己難受。」

「我還是相信我姊姊，無論如何我都相信她，我別無選擇。」她看著深深並晃動中的海水，眼光仍然無比堅定。他把手搭在她肩上，「我陪妳找，我相信妳。」那個時刻，她不知不覺又和他靠近了。

在旅館，他的房間門口，她向他告別。他打開房門，突然之間，他把她拉近自己，他們非常靠近，他看著她，彷彿在問她：「妳願意進來嗎？」她遲疑了一下，走進了他的房間。

她站在那裡問，「可以給我一杯水嗎？」

他笑了，他知道她感到尷尬，立刻很知情地去冰箱裡取出一瓶礦泉水給她。

她坐下來將礦泉水倒入杯子，她一口氣將一杯水全部喝完，她看著他，他也正看著她笑。

「有什麼可笑的嗎？」她的樣子小心翼翼。

「沒有，我看妳很可愛。」他靠近她說。

她聞到一股他嘴中的酒味，她別過頭去看著窗簾，「是嗎？」她心裡在想著她姊姊，她是他喜歡的人，而她失蹤了。

當他靠向她，想吻她時，周藏珠突然退後了一步，她問他，「你之前不是說，你喜歡我姊姊？」

她問完之後，眼淚又湧了上來，是朱俊璞，是朱俊璞讓她完全失去女人的自信，自從和他在一起，她失去了所有的神采，她失去對人的信心，她不再相信會有人看到她或者會有人愛她，現在，她也不相信站在她眼前的男人真的看到她，不，他不是看到她，他看到的是她姊姊，而她是替代她姊姊的代替品。

嚴之寬輕聲地說，「以前我不認識妳，現在我認識並且我喜歡妳了，」他擁她入懷，安慰她，他說，「妳在受苦，因為妳很優秀。」他停住了，開始說話，「在我眼裡，我們的社會裡，優秀的女人多過男人，所以很多特別的女人都受到極差的待遇，沒有人值得她們的愛，也沒有人真正地愛過她們，她們像花朵一樣，打開又凋謝了，很多女人都沒有真的被人愛過。」

「你在說我沒有人愛過，也不會再有人愛嗎？」周藏珠拭去淚水，她的理智逐漸抬頭。

嚴之寬像撫摸花朵般地撫摸著她的臉，「妳當然有人愛，妳很美，妳跟妳姊姊一樣美，或者更美，不過，妳比她更脆弱，或許也比她更堅強，妳對自己很誠實，所以妳為愛而受苦。但妳不必也不需要受這些苦。」

她站了起來，「我姊姊怎麼辦？」

嚴之寬低頭思索，很想告訴周藏珠，他一定會陪她找到姊姊，但他更想告訴她，他已經愛上她了。

但他還來不及告訴她。

他短暫去浴室時，周藏珠目光所及，最先看到的便是床頭上的他記事本，她禁不起好奇地快速打開來看，一張夾在記事本裡的大頭照，是她姊姊周妙佛。

她很快地將照片收入記事本中。彷彿姊姊正在召喚她，或提醒她。

她站在原地發呆了一會，嚴之寬走向她時，她站了起身，「我得走了。」她很堅持。就在這一刻，電話響了，二人互看了一眼，嚴之寬拿下話筒，周藏珠也就站在門邊等他接電話。

「喂，找周小姐。」對方說。

「請問貴姓？」嚴之寬的語氣很正常。

「找周小姐。」對方是一個粗魯的講中文的男人，他不肯報名。

嚴之寬將話筒交給周藏珠後，自己也同時拿起另一個話筒。

「我姓周，有什麼事？」周藏珠情緒不佳地問。

對方仍是沒有任何激昂頓挫的聲音，「要周妙佛的命很簡單，明天下午三時，準時將錄音檔案放在牛皮紙袋裡，將牛皮紙袋擺在布萊梅火車站行李箱第303號，行李箱不要鎖。」

「喂，喂。」當她再詢問時，對方已將話筒掛上了。

布萊梅郊區

凌晨四時，嚴之寬被旅館的定時鬧鐘電話吵醒，他立刻穿上衣服，走到周藏珠門口敲門，周藏珠立刻開了門，她說，「計程車在樓下等我們。」

他們向計程車說明了R廠後門的地理位置，計程車司機說，「還好你們知道在哪裡，我根本不知道還有這條路。」他回頭看了他們又說，「可以請問你們到那裡做什麼？」

「我們想去看一個朋友，」嚴之寬支支吾吾地說著，「我們對工廠很有興趣。」

「是軍艦的事吧？」計程車司機隨口問，「聽說R廠要繼續和台灣合作？」

「您從哪裡聽來的？」嚴之寬問他。

「布萊梅是個小地方，我們這裡的人對任何就業機會都是敏感的，此案已地下流傳開了。」他是一個愛說話的人，一開口就很難停，「R廠從來不承認，但是有離職工程師因沒拿到退休金揚言報復。」

周藏珠看著嚴之寬，他趁機握住她的手，她雖然沒有將手收回，但卻把臉別向窗外，嚴之寬一整夜沒有睡好，他想問她為什麼在一瞬間對他的態度改變了，他話到嘴邊，聽著計程車司機嘮叨著，他沒再說什麼，只淺淺地笑著，周藏珠這時把她的手收回了。

「喏，就在這裡，你看到了嗎，對岸便是R廠後門。」司機探出頭，他似乎也很有興趣。

嚴之寬付了錢，他拉著周藏珠走出車外，他們從對岸看到廠內正在慶祝一艘船體的完工，天邊微微地下著細雨，船體便停在R廠的船塢，而R廠船塢只要後門一打開，整艘船便可駛入艾瑟河內。

他們退向無人的樹林，因為因為船塢後門已有人打開。

船逐漸駛入河內，周藏珠拿出望遠鏡，她把鏡頭對向幾個在船上走動的人，

「我看到林士朋了。」她把望遠鏡交給嚴之寬。

嚴之寬拿過望遠鏡，他一心一意只想確定一個人在不在那裡，他把眼睛湊向鏡頭，過沒三分鐘，他果真在鏡頭上看到吳新民，他穿著一套筆挺的西裝正在和林士朋說話。他們旁邊便是小鮑爾。

漢堡市區

漢堡郊區奧妙姆的俾斯麥博物館，上午十一時才過，嚴之寬便站在一座象牙雕刻前端詳，那是清朝大臣李鴻章贈送給德國鐵血首相俾斯麥的見面禮，他試著想像當年李鴻章來到德國時的情景。

一世紀前的時光，他想，李鴻章代表的舊時代舊中國，一個喪權辱國的朝代，對他而言，李鴻章就是雜碎麵和眼前這座象牙雕刻，嚴之寬沒有太多中國歷史認同感，有的只是淺淺的悲哀。他心裡很清楚，他離開他的工作只是早晚的事情了。

這是為什麼他對台灣大量購買武器這事愈來愈失去了看法，無論向美國或向歐洲購買，都像在付保護費，甚至買的是舊式淘汰中的武器，極難應付中國的軍事崛起，現在連中國都在自行製造航空母艦了，台灣海軍內部還只知道搞中介費。

吳新民曾在一次開會時便脫口而出，「沒有軍隊，不買武器，多少人會餓死呀。」或許這就是台灣政府還在購買武器的緣由，也是工業大國不斷推銷武器的原因。

他不是中國人，他是台灣人，但他是個人主義者，而非民族主義者。他愛的是人類和地球，而非藍綠黨派，但有人告訴他，「你媽是台灣人沒用，你爸是中國人，你就是中國人。」他詫異起來，他一點都不覺得自己和中國有什麼關係，除了語言文化相同，他在中國也已沒有親人，要去也是客居或路過，為什麼他是中國人？

在德國，如果有人問他，他總是回答，我來自台灣。留學時代，有幾個大陸同學曾出面教訓他，台灣屬於中國，你就是中國人。當時他啼笑皆非。

這幾年，父母親相繼過世後，他更有失去身分認同之感，像一條河失去河岸，飛鳥失去季節。

吳新民照例又遲到了半個小時，他一看到嚴之寬便說，「外面有一群中國來的觀光客，我們趕快離開現場。」他隨即很快地走出博物館，躲進他租來的賓士車中，嚴之寬跟著他坐進車中，吳新民加速地將車子開出停車場去。

遠處，周藏珠也正注意著他們的一動一靜，她也以最靠近又不被發現的速度開車跟在他們後面。

他們開了一段路，吳新民便將車子停在路邊，二人走進一家再典型不過的德國啤酒吧。酒吧裡幾乎沒有人，只有老闆自己在看電視，二人各自叫了一杯啤酒和一份維也納小牛排，老闆急忙進去交代廚師了。

「現在說吧，到底是什麼原因，讓你鬼迷心竅，連工作都辭了。」吳新民啜了一口啤酒。

「你到底在替盧老做什麼？」嚴之寬抬頭回問他。

「嗯，德國啤酒真爽，」吳新民喝了一大口，「我在為盧老做什麼？老實說，最近，他要我盯住你。」

「那你死定了，」嚴之寬冷冷地說，「我這邊有盧老和R廠談佣金的證據。」

吳新民毫無驚愕反應，他只搖搖頭說，「怎麼會？你不要言之過早，錄音是可以做手腳的，你很傻，到現在還沒有進入情況。」

「你到底在追求什麼？」嚴之寬偏著頭問他。

吳好像要決鬥似的，以尖銳的眼神看著他說，「你呢？你在追求什麼？我告訴你，你跟盧老作對，就是跟整個政府作對，你以後真的不要混了。」

嚴之寬突然將拳頭往吧台重重一擊，「好吧，我不想混了，我一點也不想這麼沒有原則地苟活下去。」啤酒杯也跟著震動了一下。

「邏輯很簡單，要不你殺了我，要不，我就殺了你。」吳新民臉色漲紅地說。

「你不要逼我。」嚴之寬舉起啤酒也喝了一口。

廚師兼侍者走出廚房端出菜給他們，嚴之寬看了一眼菜盤，對廚師說，「我們點牛排，不是點麵。」沒想到廚師想了想卻說，「我只有麵，要不要隨你們。」

他一副吃不吃隨便你的樣子。

他們各自吃起義大利麵，短暫之間，二人沒有再說話。

麵都沒吃完，吳新民便說，「你既然已經攤牌不想回去，我也沒什麼可以說了，我想，同事一段時間，我送你一個人情，盧老的後台很硬，你也許可以猜得到是誰，你如果敢再追這件事，我沒有辦法想像你的後果，真的，你可能死在這裡都沒有人知道。」他毫無表情地望著嚴之寬，又說了一次，「你不要自尋死路。」

嚴之寬喝完他最後一滴咖啡，腦海裡一片空白。

他的沉默使吳新民以為他剛才說的話起了什麼作用，他改變了態度和語氣，「還有，我現在以朋友的立場還想告訴你，」他說，「我知道你對那姓周的記者很有興趣，你不要搞錯，她不是什麼好東西，我聽說她為了跑新聞隨便都可以跟任何人上床，你為了她把自己的事業前途全搞砸了，不值得嘛。女人這種東西，你不必那麼看不開，尤其為了那個女人，你別傻了，天涯何處無芳草？」

吳新民以猥褻的語氣不斷說著周妙佛不堪的事，嚴之寬無可忍耐地突然推開他面前的餐具，杯盤紛紛掉落在地上砸成碎片，「你可以不可以不說話。」他激動地制止他再說下去，然後便大步離開餐廳。

布萊梅火車站

布萊梅車站的行李看管箱箱箱客滿，嚴之寬和周藏珠準時在下午三時便等在303號行李箱前，箱子的門是開的，但是裡面擺放了一隻老舊的運動鞋、一隻死雞頭以及一封未封緘的信。

信上的內容是由各中文報紙所剪下的字體拼湊而成：請將錄音檔放進箱子裡，不要鎖，也不准將此事張揚出去，若不照辦，她一定死定。

周藏珠被發臭的雞頭嚇得倒退了一大步，嚴之寬把讀完的信放進口袋，然後將預備好的錄音檔置在箱內，他未按照信上的交代，一逕將門鎖上，他示意周藏珠往後退，退到無人的角落，只要取件的人出現，尋找周妙佛的線索便又靠近一步。

一小時過去了，沒有人來，二小時過了，也沒有任何人前來，到了晚上九點四十分，周藏珠推推正在抽菸的嚴之寬，一個穿米色西裝的東方臉孔出現了，他拿出一根鐵絲，往鑰匙洞送去，過沒一會，他便打開了箱子。

他取出箱內的物件，就在這時，嚴之寬掏出槍衝過去，年輕男人急忙往車站外跑，嚴之寬很快地追過去，男人跑時撞倒了好幾個人，一個婦人的眼鏡也被他掃落到地上去，他直接往月台衝去，然後跳下月台，穿越軌道，嚴之寬跟著他，剛好這時一班火車到站，嚴之寬在最後一秒鐘衝過月台，追著男人。

他們不知跑了多久，嚴之寬終於在離車站很遠的地方抓住他，他將槍按住他的吼嚨，「誰叫你來的？周妙佛人呢？」他將男人拉到無人的角落。

穿米色西裝的年輕東方臉孔幾乎快變綠了，他急忙用中文說：「別砍我，別砍我，你要知道什麼我全都說，我全都說。」

漢堡市區

「統一中國大同盟什麼時候成立的？有多少成員？」嚴之寬在車上拿著槍抵住米色西裝男人問，年輕的男人已嚇出一頭冷汗，汗沿著他的太陽穴往下滑落。

「成立半年，海外成員約一百五十人，有中國來的，也有台灣來的，大部分資金由二岸金主提供，中國政府官員也私下支持。」他說話時汗滴流進眼睛，他不停地眨著。

「什麼政府官員？」嚴之寬看了周藏珠一眼，然後問他，「誰叫你來火車站的？」

「我不知道是什麼官員，是組織裡有一個小組長叫我來的。」年輕人的嘴唇開始轉白，聲音發抖著說。

「你知道他們為什麼派你來嗎？」坐在前座開車的周藏珠問他。

「聽說還有一捲被剪接過的錄音檔，一定要知道內容，所以才要我來。」他戰戰兢兢地回答。

「你們小組的任務到底是什麼？是希望破壞台灣買武器？」嚴之寬幾乎像找到答案般地叫了起來，流汗的男人這時看起來倒像在流淚了，他點點頭。

「周妙佛人呢？」周藏珠繼續逼問他，嚴之寬突然很怕聽到什麼，他懷疑他所瞭解的一切都並不真實，而真實本來便常常令人難以接受，他張大眼睛，從後視鏡中望了周藏珠一眼，她正專心地等著那人的答案。

「據我們所知，她是雙面間諜，既替日本人做事，也替美國情報局傳遞消息，前一陣子R廠發現了，要找她談判，但是好像沒有談成，她便拿著證據逃跑了，現在應該在美國人那邊，她可能會尋求美國人的政治庇護。」年輕人顯然不知道周藏珠的身分，他侃侃地沒有忌諱地說。

「你胡扯，美國間諜？你在說什麼？她現在人呢？」周藏珠回頭對他大聲而生氣地說。

「我們也是最近才發現她是雙面間諜，不過，這也不關我們的事，我們只想得到錄音內容，我們希望德國未來不會再賣武器給台灣，我們也希望中國能盡早開始自建航母，統一台灣。」他自以為是地說。

「她人呢？她人呢？我姊姊人呢？」周藏珠幾乎失控地吼著。

「我怎麼知道妳姊姊是誰？」男人一時還沒會意過來，他偏著頭，說了一句。

「周妙佛現在人在哪裡？你知道嗎？」嚴之寬將鬆懈下的槍枝再度對著這名姓張的年輕人。

「我不知道。」年輕人雖然很害怕，但仍然很堅持地看著嚴之寬。

漢堡市區

「就是他！」漢堡阿道夫廣場證券交換所後的一棟大樓，「統一中國大同盟」的張姓年輕成員用頭向嚴之寬及周藏珠示意，這時一位穿深藍色西裝、提厚重公事包的中年人正好走出大樓外。

剛才他們枯坐在停在街邊的車裡，好幾次，一些找不到停車位的漢堡車主都開車窗問：「要走了嗎？」坐在後座的嚴之寬把槍口暗暗地對著姓張的年輕人，要他不准說話。

米夏耶里教堂的銅管樂手例行在教堂上方吹奏聖樂，音樂透過車窗還是傳了進來。姓張的年輕人年紀約廿五、六歲，他一聲也不敢吭，坐在車內好幾次喊媽媽，一副快精神崩潰的模樣。

「那人是誰？」嚴之寬用槍敲敲他的頭，他馬上以發抖的聲音說，「他是一個美國人，一位華僑，我只知道他叫查理什麼的，他可能知道周妙佛的下落。」年輕人說完便無辜地看著嚴之寬。

中年男人走向他的紅色保時捷，周藏珠急忙發動車子，她跟在保時捷車後，但心情異常沉重，她不敢相信眼下所發生的一切，她也不敢相信坐在她面前的年輕人所說的一切。

但是同時之間，一些蛛絲馬跡卻浮現她心上。

譬如姊姊為什麼有美國綠卡，以前她問過姊姊，她的答覆是為了旅行方便，但是她慢慢回想起來，她曾在家中看過抬頭是美國情報局的信，她也問過姊姊，她則說她計劃到美國訪問該局一位亞洲專員。

連她也不禁開始懷疑起姊姊，而她覺得這世界上最恐怖的事情便是連最親的親人都彼此失去信任，她覺得自己身體的一部分似乎已經死了，她應該怎麼辦？她手足無措地望著嚴之寬。

「妳的臉白好蒼白，不舒服嗎？」他深情地看她一眼，並問起。

奇怪的是，此刻她卻感到她和他之間如此地親近，如此微妙，如此神奇，十天前，她完全不認識的陌生人，現在她卻如此信任他，甚至甚於自己的姊姊？周藏珠的眼角溢出淚水，但她很快戴起太陽眼鏡，「他已經右轉了，」坐在她旁邊的年輕人說，「饒饒我吧，他們叫我來的，我知道的已經全部都告訴你們了。」

那個據說叫查理的人將車駛入漢堡海港邊，並且將車子停在海港路邊，就停在一家叫「神聖海港」的旅館前。

周藏珠也跟進將車子停在不遠處，他們跟著查理的方向往前走，查理提著公事包疾疾地經過停在港口旁的二艘古老的帆船，「這一艘船叫古登堡號，是瑞典東印度公司在清代專門航向中國的貨船，」姓張的年輕人突然冒出一句，這時查理正好回頭，他們連忙站在原地佯裝談話。

他們跟著查理在港口繞了一圈，最後無法再跟了，因為他走向一個私人用的碼頭，四處都是空地，他們沒有遮蔽的可能，只好躲在一座發臭的臨時公廁後，他們看見查理走入一艘中型豪華遊艇內，圍繞在遊艇四周站了二名戴墨鏡的保鏢。

就在這個時候，姓張的年輕人趁機往港口方向跑走了，嚴之寬當機立斷，沒有去追他。

天色逐漸暗了下來，遠處的雷聲隆隆，整個海港被雨霧籠罩著，原來陰暗的天氣陡地下起大雨了。

漢堡港口

周藏珠和嚴之寬二人駕著剛才在港口另一邊偷來的小船，二人慢慢地靠近了查理所登上的遊艇，天色完全暗了，他們在昏暗的月光下觀察著遊艇的動靜。一名男子站在豪華遊艇船頭上的躺椅旁，另一名則坐在船尾上休息。

遠處港口有一處圓形運動場，可能有演唱活動，正不停射出各種顏色的雷射光束，幾隻海鳥在風雨中瘖啞地叫鳴，潮濕的海風帶來寒意，海水單調地拍打無人的碼頭，不遠處的公路上，一輛輛的車子呼嘯而過。

「如果妙佛在這裡，」嚴之寬小聲告訴周藏珠，「我們的目標只是把她接出來。」

他們小心划近了遊艇，船艙裡的窗口燈亮著，除了查理外，還有一位蓄鬍的外國人，嚴之寬研判，有可能是查理的老闆，照姓張的說法，應該都是中情局的人，這艘船有可能是中情局的一個據點。

「姊姊？」周藏珠和嚴之寬同時看到周妙佛，她正在與滿臉絡腮鬍的男人說話。周妙佛穿著白襯衫牛仔褲，表情很凝重，但蓄鬍的男人拍拍她，並擰了一把她的臉頰。

嚴之寬將小遊艇緊貼近他們的遊艇停泊下來，「現在是機會。」他告訴周藏珠，因為周妙佛走入另一個房間裡，而正喝可樂的船頭男子現在的注意力被岸上幾個妙齡金髮女郎吸引住，正目不轉睛地望著她們走過碼頭。

周藏珠在短短一分鐘內，將自己的頭髮像姊姊一樣地盤了起來，她脫掉自己的上衣，換上嚴之寬的白襯衫，然後在嚴之寬的協助下，慢慢地爬上豪華遊艇。

她看起來跟她姊姊周妙佛一模一樣，眼前的畫面瞬間使嚴之寬失神了幾秒，他慢慢鎮靜下來，他發現他在乎的人竟然是周藏珠。

一名保鏢走入船艙避雨去了，另一位則戴上風衣帽子仍站在艸板上，周藏珠從船尾必須走至船頭，因為船艙的入口在船頭處，她一步一步走過去，經過那位現在站船頭的男子，他在微暗的燈光看著手機，他不經心看了周藏珠一眼，「這雨下得不小，」周藏珠連忙「嗯哼」一聲，那人便將目光轉向別處。周藏珠下了船艙，她很快趁艙內沒人時，往走廊盡頭跑去，這時查理走出來了，他拿著一杯啤酒和杯子，他直直走到客廳的長沙發上。

周藏珠沿著船艙的房間牆壁走，她在查理的目光不及處，急忙打開一個房間的門。

但是她弄錯了，裡面不是周妙佛，是個外國大鬍子男人，「剛才衛星氣象報告說，今晚會有暴風雨。」大鬍子語氣溫和地說，他背對著她，正在撥電話，她急忙無聲地告退，「寶貝，」她聽到他叫了一聲，不知道應該做什麼，他走過來，看著她，「妳怎麼了？不舒服嗎？」他問，她搖搖頭，他想親她，她連忙掙開，開門走了出去，他沒跟上，她站在門外喘息不定，還好他真的分辨不出來。

她打開第二個房間門，看到周妙佛坐在房間裡打字，房間裡有一股她熟悉的香水味，周妙佛似乎就住在這間臥室兼工作室，裡面除了一床外，到處擺放著各種資料，而周妙佛就坐在桌上一台電腦前打字，「姊姊，」她激動但小聲地喊她。

「妳怎麼跑到這裡來？」周妙佛充滿狂喜的表情，但語氣焦慮，她連忙走過去將門關好，「妳怎麼找到的？」她小聲地問，並緊緊握住妹妹的手。

周藏珠則緊緊地抱住周妙佛，她終於找到姊姊了，這次她不能再讓她失散了，十天恍如隔世，周藏珠緊緊地抱住姊姊，「妳瘦了。」她說。

漢堡港口

嚴之寬一個人在小艇上，他屏息地看著在風雨中些微晃動的遊艇。船艙較空曠部分是客廳，是落地窗，室內擺著幾只黑色的皮沙發，茶几上的燈光柔和，遊艇輕輕隨著晃動著，嚴之寬的心也忐忑不定，客廳現在沒有人，他尋覓著周藏珠和姊姊的身影，他的心跳加速。

他開始感到一絲後悔，也許剛才他不應該幫助周藏珠進入遊艇，或許周妙佛不一定如姓張的所言為美國中情局做事，她有可能被美國人拘禁在此，那麼後果不堪設想，如果是周妙佛自願來此的呢？如果是這樣，那麼周藏珠也不必偷偷進去救她了，他開始責備自己在採取行動前深思不夠。現在，下一步他得小心了。

但是美國人為什麼要拘禁周妙佛呢？或者周妙佛為什麼要替中情局做事呢？

所有的疑問在此刻一起湧現在他腦海。他曾在局裡的工作彙報上聽說過，美國中情局曾僱用華人間諜想打聽中國自行製造航空母艦的情報，中國可能必須和德國合作艦身的鋼鐵技術，莫非是周妙佛嗎？她以記者身分掩飾，其實真正的身分是中情局的間諜？或者她自己以記者身分掩飾軍火販的身分？她是否捲入獵電艦弊案？

那個可能是「查理」的男人從艙前走過，一直走到後面的房間，然後又踅回來，他坐在客廳的沙發椅上，讀著一份資料。

嚴之寬焦慮地注視著船艙內，他看不到周藏珠，他不希望這件事情發生，不，他不允許這件事情發生，嚴之寬默默祈禱了幾句。他絕不希望周藏珠發生任何意外。

時間一分一秒過去，雨愈下愈大，除了雨聲，就是遠處駛過的車聲，遙遠而微弱，似乎不太真實，嚴之寬全身淋濕了，他在小船上靜待著，過一會，他聽到船板上有走動聲，怕被人察覺，他不敢伸頭張望，貼耳傾聽，聽到有人跑動，他估計大約是那二位保鏢。

雨勢逐漸增大，一陣閃電打在艾伯河上空，雷聲隆隆，嚴之寬移動時不慎又撕傷了腹部的傷口，他感受到刺骨的疼痛，但他小心地上了遊艇。

碼頭這時傳來一陣混亂聲，他站在船上，努力朝右方看去，一輛車子直接開上碼頭附近的空地，他在黑暗中看見有幾個人朝遊艇跑來。

即便在暗中，他仍然認出帶頭的人是林士朋，後面跟著好幾個人，「糟糕，」他心裡只有一個念頭，必須通知周藏珠，他必須救她。

漢堡港口

「姊，妳在這裡做什麼？我找妳幾乎找遍全世界了。」周藏珠掃視了一下，四下無人，她催促著姊姊。

「等一下，我只差幾分鐘，妳先躲一下，讓我把新聞稿全部傳出去，」周妙佛立刻快速坐回桌前電腦，「就快傳完了。」

「什麼新聞稿？」周藏珠驚愕地問，「走吧，這什麼節骨眼了。」

「外面的人是美方的人，我躲到這裡來，因為有台灣軍火掮客要殺我。」周妙佛告訴妹妹。

「要殺妳的人是R廠嗎？」她為前一個鐘頭自己居然不信任自己的姊姊感到慚愧，她很難過地問，「是一個叫林士朋的人嗎？是吳新民嗎？」

「沒錯，他們是一夥人，妳怎麼知道這麼多？」周妙佛聽到屋外的走動聲，表情不由地緊張起來，一直到走動聲消失，她急忙小聲問。

「我們都聽過錄音了。姊姊，走吧，外面有我們的人可以救我們。」

「我們的人？」

「我也不清楚，可能是台灣政府的人？」

「妳在做夢，政府會來救我？要殺我的人正是政府裡的人！」

「啊？」周藏珠被這一席話嚇得心跳幾乎快停了。

「聽我說，」周藏珠回答，「姊姊，別人現在都以為妳在為美國中情局做事。」

「沒有，我只是記者，盡記者的一份心力，用心在跑這則新聞，我沒有替任何人工作，除了讀者，台灣海軍內部和軍火商勾結，想方設法，無法無天，在這個案子上不知貪汙了多少錢，」周妙佛小聲但充滿正義感，周藏珠一聽便知道姊姊對她說的是真話。

「姊，要粉碎這些謠言，我們快走吧。」

「走以前我和高登說一下」

「姊，妳和高登是不是一對情侶？」周藏珠突然想到，她猜問。

「別胡言亂語了，」周妙佛有些驚訝，表情倒是平靜，「他只是個保護我安全的人。」

「會不會他也想殺妳？」周藏珠忍不住問。

「不會吧？他一向支持我，」周妙佛安慰妹妹，她看起來疲憊又衰弱。她正等著檔案輸出，把臉埋入自己雙手中，似乎在思索著什麼。

「妳剛才說什麼政府派來的人？」周妙佛抬頭看了妹妹一眼。

「可能是調查局吧，我也不清楚。」周藏珠回答時有點心虛，彷彿她背著姊姊做了什麼不對的事，「姊，現在他們真的以為妳在為美國中情局做事。」

「別信他們這一套，中情局跟我沒有關係，有關係的是高登，他是美國軍火商，中情局有人撐他的腰，他想和德國船廠一起做生意，台灣軍方和這邊的軍火商監禁了我，是他救我出來，是他在保護我的安全。」

「姊，妳瘋了嗎？居然到此刻還相信這些吸血鬼般的軍火商？我們現在就走，我求求妳，」周藏珠急著拉起姊姊。「他們殺了我沒有關係，但是我不准他們動妳一根汗毛。」周妙佛的檔案似乎傳出去了，她似乎也下了決心，鎮定地問妹妹，「妳剛才說外面是什麼人？幾個人？」

「他不肯說，我猜可能是調查局。姊，我們有一條小船，走吧。」

「調查局？誰？」周妙佛腦裡閃過一個人的名字，「是嚴之寬嗎？」

漢堡港口

港口的大雨驟然停歇，嚴之寬從小船踏上濕濕的遊艇邊緣時，差一點滑下海裡，費力地在黑暗中掙扎了一陣，才攀上遊艇，他雖然小心沿著後艄走，還是差點滑跤，他好不容易地站穩，現在，四下無人，船艙裡燈火通明。

俯在一只活動玻璃木窗上，他發現小窗可以從上打開，他小心翼翼地打開一個縫隙，他看不到裡面的人，但可以聽見談話聲，是林士朋和美國人的談話，讓嚴之寬驚訝的是，林士朋正是來交涉周妙佛的事。

「售台潛艇案峰迴路轉，德國眾議院下個月將開會討論，根據聯邦安全委員會在八二年所修訂的第七號武器法，武器不准賣北約之外國家，但把它包裝成零件便不成問題，可以比照進行，」林士朋說著英文，唸著他手上拿著的資料，「這樣下去，我們把船移交到美國去拼裝就不成問題了，我們合作是各取所需，完美的搭配。」

「我們很清楚，過去美國賣公羊飛彈、愛國者飛彈，甚至F十六戰機，其中有許多重要零件都是由德國供給，這早就不是新聞了。」一個聲音低沉的美國人這麼說。

「美國對台軍售並非只是在商言商，也有協助台灣維持自衛能力的用意，美國必須維持台海兩岸的等距關係，這一點國會早就有共識，連白宮都有人可以幫忙。」有美國口音的人繼續說下去。

「德國聯邦安全委員會去年決定拒售潛艇給台灣是一件蠢事，可能是因為我們沒送佣金過去，但是我們確定這件生意可以透過美國做成。」說話的人是林士朋這邊的人。

「沒有人低估台灣的武器購買力，也只有加強台海周邊國家購買武器才能平衡中國的軍事力量。」這應該又是美國人的聲音。

聽到這裡，言之寬心裡又暗自叫苦了。他原以為林士朋到這裡是為了跟中情局的人談判，但是他估計錯誤，原來德國船廠和美國軍火商都站在一起，他們的目標是為了共同賣武器給台灣。這一招，他倒是沒有想過。冷戰結束這麼多年後，武器市場仍然是一場空前的商業戰，現在西方大國互相合作，只為了彼此都有利可圖。

嚴之寬俯在窗旁仔細地聽著裡面的談話，突然之間，他的後頸被人拉起，他回頭一看，是那名身高體壯的黑人保鏢，對方正持槍對著他。

漢堡港口

「狗狗還好嗎？」周妙佛急著問起妹妹，周藏珠立刻點點頭。

門外敲門聲急促響了。周妙佛立刻打開壁櫃，讓周藏珠躲進去，「yes，」她回答，然後周藏珠便看不到她了，她在壁櫃裡聽見她說，「進來吧，有什麼事？」

「他們都到了，妳準備好了嗎？」也許這人是高登，周藏珠在壁櫃裡想，對方的聲音繼續，「妳知道，寶貝，檔案給我，妳就可以自由。」

「我知道，再給我三分鐘，好嗎？」周妙佛在應付他，「為什麼妳一直不能守時？我告訴過妳，今晚他們會來。」高登的聲音有點不耐煩，他稍微提高了一些音量。

「這裡的 WiFi 很弱，」周藏珠在黑暗的櫃子裡面屏息的聽著。高登沒再說話了。一段沉默後，周妙佛說，「可以給我幾分鐘的時間獨處嗎？」

「妳知道遊戲規則，」高登冷冷地回答她，「不然我也救不了妳。」

這時有人敲了房間，周藏珠聽見高登在門口打圓場，「請給她一點時間，我們先喝一點香檳，我有一箱一九七五年的佛夫克利寇。」然後他掩門走出去。

周藏珠走出壁櫃，看到姊姊的臉色蒼白，全身發抖，她心疼地拉著姊姊的手，「我求求妳，我們現在走。」她從來不曾有過這麼堅決的態度。在這一刻中，周藏珠知道她不該懷疑姊姊，她此刻全心全意接受了她姊姊，無論她是誰，無論發生什麼事，她都要跟姊姊站在一起，她都會相信她。

「好，我們現在走，妳說外面是誰？」周妙佛神情恍惚，她呼吸困難，不停地吸著氣，額頭開始冒汗。她盯著妹妹。

幾秒鐘便做了一生的決定。她把檔案碟取下，並且快速在鍵盤上敲了一陣，「我必須把這些檔案全部取消，才能走。」周藏珠往盤旋樓梯走去，「從這裡出去可以嗎？」她邊走邊問姊姊，「可以，外面有兩個保鏢，你們剛才是怎麼進來的？」周妙佛站了起來，跟在妹妹後面，「往右邊，往右邊，他們可能在那一頭。」

「我們有一艘小船，姓嚴的在船上等我們，」周藏珠往上爬，她和姊姊都遺傳了一點氣喘，也開始氣喘，「真的是嚴之寬嗎？」周妙佛覺得不可思議，表情充滿疑惑。

漢堡港口

林士朋的人馬史提凡不知幾時也上了船，他拿槍對準嚴之寬，「手舉起來，」他一手持槍，一手搜查嚴之寬身上是否攜帶槍枝，就在這時，嚴之寬以頭撞向他，兩人同時撲倒在地上，嚴之寬很快掏出自己身上的槍站起來，「不准動！」他喊了一聲。

嚴之寬往前走去，他聽到船頭似乎有什麼動靜。他回頭，看見從樓梯走出來的周藏珠，還是周妙佛？他一時也分不清，當他意識是周藏珠後，正要發話，史提凡的子彈朝著嚴之寬方向射過來。但幾乎在同時，嚴之寬早他一步開槍，史提凡重彈，他負傷跳到他們的船上，並把槍對著周妙佛。

嚴之寬和周藏珠一動也不敢動，深怕史提凡做了什麼舉動。

二位美國保鏢卻被兩個長得一樣的女人，嚇了一大跳，他們站在原地僵持了一會兒，林士朋命令他們走進船艙內，這時，嚴之寬從後面一腳踢過去，將林士朋的槍枝踢走，但是對方幾乎同時便抓住他的腳，嚴之寬整個人倒了下來，槍也掉了。

周妙佛從地上飛快撿起槍枝，對其中一位保鏢說，把槍放下，但另一位在對周妙佛開槍前，嚴之寬衝了上去，將對方推入海裡。

「你還好嗎？」二位姊妹不約而同地問嚴之寬。他點了頭，示意她們往後走，小船在那邊，周藏珠對姊姊說，三人沒命地跳進水裡，遊向那艘偷來的小船。這時，剛才掉入海水的保鏢也正攀爬回遊艇。嚴之寬對準他的腿開了一槍，然後才上了船。周姓姊妹隨即也抓住了小船的滑竿，先後坐上了船板。

嚴之寬來不及向二人的勇敢致敬。周妙佛正要開口說話，一道強烈的光線突然朝著他們照過來，「快趴下，」嚴之寬加速划船的速度，一陣槍聲瞬間響起，一顆子彈當場射中周妙佛的頭顱，血噴灑在周藏珠的身上，她抱住昏過去的姊姊，不，不，她抱著姊姊，叫著她的名字。高登的絲毫不放過他們，嚴之寬努力回擊，他告訴激動的周藏珠，他們必須跳入水裡。

周藏珠抱著姊姊跳入水裡，嚴之寬協助她們，好幾發槍彈從他們的頭上飛過，或直接射入黑暗的海水裡。嚴之寬拉著她們，他們載浮載沉，終於離開私人碼頭區，慢慢游回較遠的岸上。這時，漢堡港口區警車已響著警笛匆匆趕到，私人碼頭上跑動的人影不斷增多，而狂風暴雨仍未片刻歇息。

周藏珠在嚴之寬的協助下把姊姊的身體平置於岸上，她激動地把自己的臉貼著姊姊冰冷的臉上，「姊，我愛你。」她已分不清自己的臉上究竟是淚水還是雨水了。

法蘭克福機場

法蘭克福機場的華航櫃檯前，十幾位來自各地的中外記者圍住櫃檯一位女士，她鄭重地對在場記者聲明，「周小姐雖然已訂下今天下午飛台北的班機，但是也隨時有可能取消這趟行程，我們在未收到最後證實前，也無法確定。但是沒有記者會，絕對沒有記者會。」

穿著紅色套裝、身材嬌小的女士在做完聲明後，便離開了現場，大批的記者仍然跟著她，但是她絕口不再說話，只大步往前走去。

同時，在法蘭克福入境海關，一家台灣媒體的攝影記者由於行李過多，被海關攔下抽檢，由於其他的電視台記者早已通關進去搶新聞了，那人幾乎快下跪地說，「請快速讓我進入機場，拜託。」

德國海關人員卻慢條斯理打開他的錄影器材設備，他問，「為什麼這麼急，有什麼事？」

「為了一個新聞，一個轟動的大新聞，拜託您，其他人都去了，您這樣查下去，我會丟飯碗。」電視記者的行動電話響了，他拿起來接聽，「我現在人在海關，還要一下子。」

「什麼新聞？有這麼重要？」海關人員接著問他。這位記者昨夜在家中睡覺時接到電話，便連夜搭飛機趕來，他對案情的經過不清楚，也說不出所以然，他只好說，「有一名女記者死了。」

德國海關人員臨時有事要處理，他對急得一身大汗的攝影記者說，「你在這裡等一下。」

這時，這名攝影記者突然趁他不注意時，將他放在桌上的護照搶回來，並且揹著十幾公斤重的攝影機往前跑，他雖然揹著攝影機，但身手矯捷得像美式足球員，一會他便消失在人群中了。

法蘭克福機場

一群臨時來幫忙的台灣朋友將周妙佛的棺木搬上一輛小貨車，司機從車上走下來關好後車門時，悲傷過度的周藏珠告訴司機，她想陪伴姊姊這段路程，不想讓姊姊孤單，德國司機連忙打開後車門讓她坐進去，嚴之寬走過來握著她的手，周藏珠沒有說話，他跟著周藏珠走上車廂，兩人各坐在棺木的一邊。

在往機場的路途上，周藏珠跪在棺木旁喃喃自語，「姊，原諒我。」她不停地說著，「姊，原諒我沒能救妳。」

此刻，她希望和姊姊一同死去，她覺得自己似乎也葬身海裡了。

她知道，姊姊的靈魂正在看著她，專心地看著她，她的眼淚一滴滴全滴在姊姊的靈柩上，好像棺木自己也流出了淚水，周藏珠抬頭看著嚴之寬，她傷心地問，

「為什麼誠實的人卻有這種下場？為什麼？」說完，她再也忍不住哭了。

嚴之寬不知道怎麼安慰眼前傷心的周藏珠，對他來說，此趟任務，包括周妙佛的死亡，是他迄今人生最大的轉折，也是他所經歷最困難的一課。

他的工作像一齣荒謬劇，他絕望地跳過他心中無數的疑問，未來，他會一個人面對全部嗎？一個人面對腐敗的政治結構，最後被編織入罪？

而且他曾經私下愛慕過周妙佛，他因此才積極爭取這個工作，他沒想到，此後所發生的一切，他愛慕的人死去，而他逐漸產生情感的人卻是她孿生妹妹就在她面前，從小被父親訓斥不准哭的他，眼淚也終於溢了出來。

周藏珠和爸爸媽媽在電話上討論了很久，爸爸剛做完疝氣手術，行動不便，媽媽自己身體不好，還得照顧爸爸，最後，他們決定先為周妙佛在德國火化，周藏珠把姊姊的紅線玉鐲置入骨灰罈，在媽媽的指示下，為姊姊唸誦了心經，他們都希望姊姊在天之靈能平安。

周藏珠強忍著悲傷，她在嚴之寬的陪伴下，與一群友人將她姊姊的骨灰罈送進機場大廳門口，機場安全人員立刻上前詢問，隨後，請他們往另外的入口走，另行做最後驗關的手續。

一群記者湧上來，他們朝著抱著骨灰罈的周藏珠猛拍下鏡頭。

「請問周小姐，外傳妳姊姊為美國中情局工作，是真有其事嗎？」一位香港電視台記者問，周藏珠抿著嘴唇沒有回答。由於大批記者幾乎快壓向周藏珠，嚴之寬一手用力推開記者，讓周藏珠往前走，為她開路他的做法立刻引起很多人不滿，「你是誰呀？」有人憤怒地在後面大聲喊。

「周小姐，聽說妳姊姊收取R廠的佣金？」也有人在後面說，周藏珠彷彿什麼都沒有聽到，太陽眼鏡下仍可看得到她哭腫的眼睛，她走進登機室前，剛才在海關偷渡的攝影記者衝過來問她，「雖然德國警方公布周妙佛的死因是自殺，我們知道妳姊姊不是自殺，到底她是被誰謀殺，凶手是誰？」

聽到他的問題，周藏珠終於停下來，她徵詢地看著嚴之寬，他表示沒有意見，周藏珠在走進海關前，終於對一群圍擠過來的記者說了話，「我姊姊不是自殺，是他殺，凶手有很多人，這麼多人要殺她的原因是因為她公正的報導，我會公布她未公開的報導，你們很快便會知道凶手是誰。」然後，她便走進登機室。

在登機前，嚴之寬緊緊地擁抱著周藏珠，他不知道他是否這一生中還有機會像現在一樣地擁抱著她，也許這是最後一次，也許這只是第一次，也是他離她最近的一次，他知道他早在此刻之前便愛上她，他知道他愛她並不是因為她是周妙佛的妹妹，不，他愛她，如此而已。

「我們在此分道揚鑣，台北我暫時不能回去，我若現在回去，會有大問題，妳瞭解？」嚴之寬小聲地在她耳邊說。

「我瞭解。」周藏珠很鎮靜地回答，她的眼光異常溫柔，溫柔得令嚴之寬心痛起來，她說，「你要保重。」

「我愛妳，雖然我知道這個動詞很奇怪，這句話好像是自己從我口中跑出來，我無法阻擋。」嚴之寬深情地吻了她的臉頰，他從來沒有像此刻吻過一個人，他願意，他願意付出幾年的生命時光，只要他能愛她。

「我知道。」周藏珠的身體輕輕觸電般顫動著，她有太多混合的情緒，但她聽懂他的話，一時幾乎無法移步，勉強露出微笑地向他揮手，隨即走入登機口。

半小時後，華航法蘭克福直飛台北的班機便很快地消失在德國的天空下。

AK00357

布萊梅失蹤

作　者——陳玉慧
資深主編——羅恩
校　對——羅恩、蘇菲、陳玉慧
行銷企劃——陳玟利、鄭家謙
書封手寫字——莊仲豪 IG@zeno.handwriting
美術設計——陳文德

董事長——趙政岷
出版者——時報文化出版企業股份有限公司
一〇八〇一九台北市和平西路三段二四〇號四樓
發行專線——（〇二）二三〇六六八四二
讀者服務專線——〇八〇〇二三一七〇五　（〇二）二三〇四七一〇三
讀者服務傳真——（〇二）二三〇四六八五八
郵撥——一九三四四七二四時報文化出版公司
信箱——一〇八九九台北華江橋郵局第九九信箱

時報悅讀網——http://www.readingtimes.com.tw
文化線粉專——https://www.facebook.com/culturalcastle/
法律顧問——理律法律事務所　陳長文律師、李念祖律師
印　刷——勁達印刷有限公司
初版一刷——二〇二二年六月二日
定　價——新台幣四二〇元
（缺頁或破損的書，請寄回更換）

時報文化出版公司成立於一九七五年，
並於一九九九年股票上櫃公開發行，於二〇〇八年脫離中時集團非屬旺中，
以「尊重智慧與創意的文化事業」為信念。

布萊梅失蹤／陳玉慧著. — 初版. — 臺北市：時報文化出版企業股份有限公司, 2022.06
284面；14.8×21公分

ISBN 978-626-335-368-8

863.57　　111006100

ISBN 978-626-335-368-8
Printed in Taiwan